Barbara Wendelken
wurde 1955 in der Nähe von Bremen geboren. Sie war fast 20 Jahre als Kinderkrankenschwester tätig, bevor sie Anfang der neunziger Jahre »aus einer Laune heraus« zu schreiben begann. 1993 erschien ihr erstes Buch – ein Märchen. Seit 1996 veröffentlicht sie regelmäßig für Kinder und Erwachsene. Mehr als 25 Bücher sowie diverse Kurzgeschichten in Anthologien sind mittlerweile erschienen. Barbara Wendelken ist mit einem Lehrer verheiratet, hat drei erwachsene Kinder und genießt mit ihrer Familie das Landleben in Ostfriesland.
Unter www.barbarawendelken.de ist die Autorin im Internet vertreten.

Barbara Wendelken

Und alles wegen Laura

UEBERREUTER

ISBN 3-8000-5256-3
ISBN 978-3-8000-5256-1

Umschlaggestaltung von Init, Büro für Gestaltung, Bielefeld

Druck: Druckerei Theiss GmbH, St. Stefan i. L.
1 3 5 7 6 4 2

Ueberreuter im Internet: www.ueberreuter.at

Das schönste Mädchen der Welt

Meine Ma sagt, Kinder können sich nicht verlieben.

Stimmt nicht. Ich weiß es besser. Ich bin nämlich verliebt in Laura. Wenn ich nur an sie denke, rattert mein Herz los wie die Nähmaschine meiner Mutter. Und die ist ganz schön flott. Manchmal werde ich sogar knallrot. Einfach so. Dabei kann doch niemand wissen, dass ich gerade an Laura denke.

Wenn das keine Liebe ist!

Laura. Wir kennen uns schon ewig. Seit der ersten Klasse. So wie man sich eben aus der Schule kennt. Aber kurz vor Weihnachten ist mir plötzlich aufgefallen, dass Laura das hübscheste, das netteste, das wunderbarste Mädchen von allen ist. Keine Ahnung, warum ich das vorher nicht gemerkt habe.

Laura. Schon der Name klingt doch echt klasse. So weich und freundlich. Ich muss dabei immer an halb geschmolzenes Vanilleeis denken. Und darum nenne ich Laura heimlich Vanilleeisprinzessin. Aber das geht keinen was an.

Alles an Laura gefällt mir. Ihre langen blonden Haare, ihre wasserblauen Augen und die Art, wie sie Leute ansehen kann. So, dass man kaum wagt, sich zu bewegen. Selbst das Atmen fällt mir schwer, wenn Laura mich anguckt.

Schade nur, dass Laura sich nicht die Bohne für mich interessiert. Die traurige Wahrheit ist, dass Laura nichts davon bemerkt, dass ein Junge namens Robbi zwei Reihen hinter ihr sitzt und an jedem Morgen von acht Uhr bis um eins sehnsüchtig auf ihren Rücken starrt.

Laura hat nämlich, genau wie die anderen Mädchen in meiner Klasse, nur Augen für Sebastian. Warum ausgerechnet Sebastian der Schwarm aller Mädchen ist, ist mir ein Rätsel. Ehrlich, an dem ist nichts Großartiges dran. Ein schwarzhaariger Junge, nicht dünn, nicht dick, nicht groß, nicht klein. Besonders an ihm ist eigentlich nur, dass er im Sportunterricht der Beste ist. Und das scheint den Mädchen mächtig zu imponieren. Jungen, die so wie ich in Deutsch und Musik Spitze sind, interessieren sie da viel weniger. Wenn ich zum Beispiel ein Nullfehler-Diktat schreibe, stöhnt Laura nicht vor Begeisterung auf, und dass meine letzte Mathearbeit die beste von allen war, ließ sie ebenfalls kalt. Wenn Sebastian allerdings einen 1a Handstand hinlegt, kriegt sie diesen gewissen, komischen Blick. Ihre wasserblauen Augen werden ganz starr, als wollte sie damit fotografieren, um das, was sie gerade sieht, für immer in ihrem Herzen herumtragen zu können. Mich hat sie im Sportunterricht noch nie so angesehen. Man könnte sogar sagen, dass sie mich überhaupt nicht anschaut.

Hab ich schon erzählt, dass ich Robert Amadeus heiße? Amadeus, wie Wolfgang Amadeus Mozart. Meine Ma hat den Namen ausgesucht. Wahrscheinlich weil sie schon vor meiner Geburt beschlossen hat, dass aus mir ein berühmter Klavierspieler werden soll. Seit meinem siebten Lebensjahr schickt sie mich einmal pro Woche zum Klavierunterricht. Ist aber nicht so schlimm, wie es sich anhört. Überhaupt nicht. Eigentlich macht es mir Spaß. Und wer weiß, vielleicht werde ich später tatsächlich ein berühmter Konzertpianist, der um die Welt reist und viel Geld verdient. Das würde mir gut gefallen. Ein Konzertpianist muss nämlich weder schnell rennen noch Bälle in Tore werfen. Oder so einen dussligen Aufschwung am Stufenbarren vorführen.

Das Einzige im Leben, das ich wirklich hasse, ist Sport. Und alles, was damit zu tun hat. Bis auf Skaterschuhe, die trage ich auch. Skateboard fahre ich deswegen noch lange nicht. Ich bin ja nicht lebensmüde. Oliver von gegenüber hat sich letztes Jahr das Bein gebrochen. Zweimal! Weil er mit seinem Skateboard gestürzt ist. Darauf kann ich echt verzichten. Genau genommen könnte ich gut und gern auf den gesamten Sport verzichten. Aber das geht leider nicht. Weil jeden Dienstag Sport auf dem Stundenplan steht. Eine Doppelstunde, weil 45 Minuten Qual ja noch nicht genug sind.

Die Sportstunden sind für mich die reinste Folter. Ich bin eben eine absolute Niete im Turnen. Alles, was ich versuche, geht in die Hose. Am Barren hänge ich wie ein nasser Sack, und wie die anderen diesen verflixten Aufschwung hinkriegen, ist und bleibt mir ein Rätsel. Ich werde das nie im Leben schaffen. Die Bundesjugendspiele sind mir ein Gräuel. Ich kann weder schnell laufen noch weit oder hoch springen. Es funktioniert einfach nicht, da kann ich mir noch so viel Mühe geben. Ballspiele finde ich genauso ätzend. Beim Volleyball krieg ich nie den Ball. Und wenn doch, was einmal in tausend Jahren vorkommt, schlag ich ihn garantiert ins Netz. Kein Wunder, dass die anderen nicht gerade wild darauf sind, mit mir in einer Mannschaft zu spielen.

Es ist immer das Gleiche. Herr Deutz bestimmt zwei Jungen, die jeweils ihre Mannschaft wählen dürfen. Sie nennen Namen, immer abwechselnd, ihr kennt das sicherlich. Die guten Sportler sind natürlich zuerst weg. Dann kommen die mittleren. Ich bin gewöhnlich der Letzte. Der, den keiner haben will. Außer wenn Frederik mal zu denen gehört, die eine Mannschaft wählen dürfen. Dann zeigt er mit dem Finger auf mich. Nicht gleich am Anfang, aber wenigstens in der Mitte. Frederik sitzt neben mir, deshalb sind wir so etwas Ähnliches wie Freunde. Aber wann darf Frederik schon mal eine Mannschaft wählen …

Nicht, dass ich die anderen nicht verstehen könnte. Aber es ist schon ein mieses Gefühl, wenn du die Niete bist, die keiner haben will. Und die, die dich schließlich doch nehmen müssen, sagen so nette Sachen wie: »Robbi, versuch gar nicht erst, nach dem Ball zu greifen, okay? Und steh uns nicht im Weg rum. Halt dich einfach am Spielfeldrand auf.« Das hört man wirklich gern.

Ich hasse Sport!!!

Heute ist Dienstag. Also hatten wir zwei Stunden Sport. Es war mal wieder schrecklich. Wir mussten eine Flugrolle machen. Soll ja ganz einfach sein. Haha. Für die anderen vielleicht, für mich bestimmt nicht. Eine Flugrolle also, einer nach dem anderen. Einer turnt und die anderen schauen ihm dabei zu. Genau wie ich es am meisten hasse:

»Sebastian, du bist der Erste«, sagte Herr Deutz.

Das Schicksal nahm seinen gewohnten Gang. Sebastian sprang mindestens zwanzig Zentimeter vor der Markierung ab, er schoss wie ein Pfeil durch die Luft und landete butterweich auf der blauen Matte. Man glaubt es nicht, aber die Mädchen klatschten Beifall. Laura bekam vor Begeisterung knallrote Backen. Ein paar Jungs pfiffen anerkennend. Herr Deutz notierte sich eine Eins in sein rotes Büchlein. Ich glaube, bei Sebastian stehen nur Einsen.

Dann kam ich an die Reihe. Alles verlief wie erwartet. Ich sprang zu spät, flog zu niedrig und plumpste wie ein nasser Sack auf die Matte. Zu allem Unglück knackste es auch noch ganz laut in meinem Nacken.

»Hast du dir wehgetan?«, fragte Herr Deutz besorgt. Und dann erklärte er, dass man natürlich rechtzeitig den

Kopf auf die Brust ziehen müsse. *»Du-hast-es-doch-bei-Sebastian-gesehen!«* Welch ein Glück, dass die Mädchen sich nicht weiter um mich kümmerten. Sie kicherten albern und warfen ihrem Schwarm verliebte Blicke zu. Das heißt, *ein* Mädchen interessierte sich doch für mich.

Marie. Marie, mit dem langen braunen Zopf und der Brille mit dem rot gesprenkelten Gestell. Marie, die lieb ist, aber ein bisschen langweilig. Hm, wenn Laura mich an sahniges Vanilleeis erinnert, dann denke ich bei Marie an Vollmilchschokolade. Ohne Nüsse drin. Die mag jeder, aber niemand würde sich dafür umbringen. Ich glaub ehrlich gesagt nicht, dass man sich in eine wie Marie verlieben kann.

Sie hat mich gefragt, ob mein Nacken wehtäte.

Ich hab möglichst gleichgültig mit den Schultern gezuckt und »Geht so« gemurmelt. Was hätte ich schon sagen sollen. Wie ein Jammerlappen wollte ich bestimmt nicht dastehen.

»Sebastian. Zeig uns noch einmal, wie die Flugrolle geht«, bat Herr Deutz jetzt. Augenblicklich flogen alle Mädchenköpfe herum. Und Sebastian segelte ein zweites Mal wie ein Adler über den Hallenboden.

»Hast du das gesehen, Robbi? Schon in der Luft muss man den Kopf auf die Brust legen. Kapiert?«

Ich nickte. Inzwischen war mir eingefallen, wie ich eine weitere Blamage abwenden konnte. »Mein Nacken tut jetzt doch weh. Kann ich mich auf die Bank setzen?«

Das mit den Schmerzen war natürlich erfunden. In

Wahrheit wollte ich einfach nicht länger das schlechte Beispiel sein, der So-macht-man-es-selbstverständlich-nicht-Schüler. Es funktionierte auf Anhieb. Herr Deutz ließ mich für den Rest der Sportstunde in Ruhe. Nach der Stunde hat er sich noch mal nach meinem Nacken erkundigt. Ein netter Kerl. Schade, dass er sein Leben dem Sport gewidmet hat.

Eins überlege ich schon die ganze Zeit: Ob Herr Deutz sich jemals Gedanken darüber macht, was für ein Gefühl es ist, sich in jeder Sportstunde bis auf die Knochen zu blamieren? Vermutlich nicht. Sportlehrer können selbst gut turnen, sonst hätten sie so einen Beruf bestimmt nicht ergriffen. Aus Sebastian könnte auch mal ein Sportlehrer werden.

Später in der Deutschstunde sollte Sebastian übrigens Straßenkreuzung an die Tafel schreiben. Er überlegte eine ganze Weile, dann schrieb er *Straßenkreutzung*. Rechtschreibung ist nämlich nicht gerade seine Stärke.

»Da ist ein dicker Fehler drin«, sagte Frau Hansen. »Schau dir das Wort noch einmal ganz genau an. Ich wette, du findest selbst heraus, was da nicht stimmt.«

Kennt ihr das auch, wenn Erwachsene so überfreundlich tun? Frau Hansen jedenfalls grinste von einem Ohr zum anderen. Schrecklich!

Und es half Sebastian kein Stück weiter. Er betrachtete sein Geschreibsel, kratzte sich am Kopf, dann schüttelte er den Kopf. »Weiß nicht. Schreibt man Straße mit zwei s?«

»Unsinn.« Frau Hansen hörte auf zu grinsen. Sie schaute die ganze Klasse an. »Na, wer findet den Fehler? Laura?«

Seit der ersten Klasse gehört Laura zu den besten Schülern. Sie ist nämlich nicht nur hübsch, sondern auch sehr klug. Etwas Besonderes eben. Ihre Diktate sind praktisch immer fehlerfrei. Heute Vormittag hatte man allerdings nicht den Eindruck. Sie krauste die Nase und zuckte mit den Achseln. »Keine Ahnung. Echt.«

Von wegen! Ich würde meine Hand dafür ins Feuer legen, dass sie den Fehler entdeckt hatte. Wahrscheinlich wollte sie nur nichts verbessern, was ihr Herzallerliebster geschrieben hatte. *Straßenkreutzung* mit tz, das war doch zu blöd. Ganz von selbst schnellte mein Finger in die Luft.

Als ich zur Tafel ging, um das Wort zu verbessern, warf Britta mir ein gehässiges »Streber!« in den Weg. Beinahe wäre ich darüber gestolpert. Ich sagte es ja schon, alle Mädchen schwärmen für Sebastian.

Für einen Moment war ich versucht, aus *Straßenkreutzung* *Straßenkräutzung* zu machen. Was die Mädchen dann wohl gesagt hätten? Aber als ich vorne stand, schrieb ich das Wort so hin, wie es gehörte. *Straßenkreuzung*. Irgendwie konnte ich gar nicht anders.

»Sehr schön, Robbi.« Wenigstens Frau Hansen war mit mir zufrieden. Ehrlich gesagt bedeutet mir das aber nicht so viel.

Auf dem Heimweg wurde mir eines klar. Mädchen verknallen sich nur in sportliche Jungs.

Auch Mütter können irren

Ich habe meine Ma gefragt.

Während des Mittagessens.

»Du, Mama. Was finden die Mädchen eigentlich daran, wenn einer ein Supersportler ist?«

Sie war ziemlich überrascht. »Was? Ach so, du meinst … Hm. Das war eigentlich schon immer so. Also, in meine Klasse ging damals ein Harald, der konnte im Sportunterricht einfach alles. Du glaubst ja nicht, wie wir für den geschwärmt haben. Bloß weil er bei den Bundesjugendspielen immer eine Ehrenurkunde bekam.«

O doch. Ich glaubte es. Und wie. Schließlich weiß ich, wie die Mädchen glotzen, wenn Sebastian seine Flugrollen macht. Meine Frage war damit aber nicht beantwortet. »Und warum? Was ist so wichtig daran, ob einer sportlich ist oder nicht?«

Meine Ma hat nur gelächelt. »Nichts, mein Schatz, gar nichts ist daran wichtig. Die Zeiten haben sich zum Glück total geändert. Heutzutage lassen sich die Mädchen nicht mehr so leicht blenden. Jetzt sind ganz andere Dinge gefragt. Zum Beispiel, ob einer ein Herz hat. Ob er seine Gefühle zeigen kann. Stumpfsinnige Muskelpakete können wir nicht mehr gebrauchen.«

Wen sie mit *wir* meinte, ist mir schleierhaft. Laura, Britta, Hilke und Marie jedenfalls nicht. Die schwärmen nach wie vor für Flugrollen-Akrobaten.

An dieser Stelle war das Gespräch erst einmal zu Ende. Für meine Ma wurde es höchste Zeit, ihren Laden aufzuschließen. Sie verkaufte unten im Haus Secondhand-Klamotten. Secondhand ist englisch und bedeutet zweite Hand. Das heißt nichts anderes, als dass die Sachen in ihrem Laden schon gebraucht sind. Allzu viele Leute gibt es nicht, die Sachen kaufen, die schon einer getragen hat. Und diejenigen, die zum Einkaufen kommen, wollen nicht viel bezahlen. Wenn meine Mutter nicht zusätzlich alte, ausgemusterte Theaterkostüme reparieren und anschließend verkaufen würde, wären wir längst pleite. Sagt sie jedenfalls immer. Aber so kommen wir ganz gut über die Runden.

Ich stellte das Geschirr zusammen. Es gab Kartoffelbrei und dazu einen Berg gebratener Paprikaschoten. Fleisch essen wir nicht. Wir sind Vegetarier. Meine Mutter, weil sie es will, und ich, weil sie mich dazu zwingt. Meine Ma weigert sich nämlich, Fleisch oder Wurst zu kaufen. Nichts, was Augen hat und sie anschauen kann, kommt in ihren Kochtopf, sagt sie. Wenn ich erwachsen bin, könne ich ja leben, wie ich will. Was soll man dazu sagen? Wenn ich mal unterwegs bin, gehe ich zu McDonald's und leiste mir einen Hamburger. Und eines kann ich beschwören: Noch nie hat so ein Hamburger mich vorwurfsvoll angeschaut. Nee, ich hab kein schlechtes Gewissen, Fleisch zu essen. Echt.

Während ich die Spülmaschine einräumte, war ich mit meinen Gedanken ganz woanders. Bei Laura. Die Worte meiner Mutter hatten mich keineswegs überzeugt. Warum haben die Mädchen nur Augen für diesen Sebastian? Und was ist mit mir nicht in Ordnung? Warum verknallt sich kein Mädchen in Robbi Ziegler?

Ich hab mich vor den großen Wandspiegel im Flur gestellt und mich angeschaut. Von oben bis unten. Irgendetwas an mir musste verkehrt sein. So verkehrt, dass die Mädchen praktisch durch mich hindurchschauen.

Also, meinen Kopf find ich ganz okay. Blonde Locken, ziemlich lang; hellblaue Augen; eine Nase, an der es nichts zu meckern gibt; und gerade gewachsene Zähne, schön weiß geputzt. Das kann alles so bleiben. Na ja, ein bisschen blass sehe ich aus.

Vielleicht hat meine Ma Recht damit, dass ich viel zu selten an die frische Luft gehe. Aber meine Hobbys sind Klavierspielen und Lesen. Dafür geht kein Mensch nach draußen.

Mit meinem Körper allerdings, das hab ich vorhin erkannt, ist nicht viel los. Der ist dünn und hässlich. So als wäre ich ein Männchen, das jemand aus Zahnstochern zusammengesteckt hat. Kurz gesagt: Ich bin zu mickrig. Die Muskeln fehlen. Da kann ich meine Arme tausendmal anspannen, es will einfach kein Bizeps hervortreten. Vermutlich habe ich gar keinen. Und nach meinen Waden muss man sowieso mit der Lupe suchen. Alles an mir ist irgendwie zu lang und zu dünn, sogar die Finger. *Kla-*

vierspielerfinger, sagt meine Mutter immer. *Eklige Spinnenfinger,* wie mir gerade aufgefallen ist.

Man glaubt es nicht, aber vor einer Stunde hab ich zum ersten Mal gesehen, wie hässlich ich bin. Keine Ahnung, warum mir das nicht längst aufgefallen ist. Logisch, dass die Mädchen sich nicht für eine spindeldürre blasse Bohnenstange interessieren. So wie ich aussehe, müssten eigentlich bei jedem Schritt meine Knochen klappern. Ich hab meinem Spiegelbild die Zunge rausgestreckt und mich als »Spaghettimann, Bohnenstange, Gerippe, dünner Hering!« beschimpft. Wie ein Boxer hab ich beide Fäuste gehoben. Doch es sah kein bisschen bedrohlich aus, nur lächerlich.

Dann ist mir die Idee, die absolute Super-Klasse-Spitzen-Idee gekommen. Und eines steht fest: Sehr bald schon wird mich niemand mehr wiedererkennen. Nicht einmal Laura. Oder Frederik. Alles wird sich ändern, alles. Jawohl! Ich werde mein Leben völlig umkrempeln. Kein Buch werde ich in Zukunft aufschlagen und meine Pläne, später als berühmter Konzertpianist um die Welt zu reisen, haben sich ebenfalls erledigt. Soll meine Ma das Klavier ruhig verkaufen, ich werde meine Zeit nicht mehr mit dieser sinnlosen Tastenklimperei vergeuden.

Denn eins habe ich kapiert. Das Einzige, was bei den Weibern zählt, sind Muskeln. Und die kriegt man bestimmt nicht vom Klavierspielen oder Bücherlesen. Sonst wäre ich ja der reinste Muskelprotz. Nee, Leute, Sport muss man treiben, rennen, hüpfen, klettern, Bälle in

Tore schmettern. Da kann meine Ma lange von ihren *neuen Männern* erzählen. Die Wirklichkeit sieht ganz anders aus.

Wo kriegt man auf die Schnelle Muskeln her?

Ich könnte ins Fitnessstudio gehen. Zweimal die Woche. Statt Klavierunterricht. Aber wenn ich so darüber nachdenke, wird meine Ma nicht einverstanden sein. Wie schon gesagt, ich heiße Robert Amadeus. Und nicht etwa Robert Arnold so wie der Schwarzenegger. An den hat meine Ma wohl gedacht, als sie von stumpfsinnigen Muskelpaketen gesprochen hat.

Nee, ich muss mir schon selber helfen. Und ich weiß jetzt auch wie. Ich werde Liegestütze machen. Mindestens hundert Stück, und das dreimal täglich. Ich sehe meine Bizepse bereits anschwellen. Bis auf Fußballgröße werde ich sie auftrainieren, mindestens. Die Weiber werden vor Begeisterung kreischen! Und endlich, endlich wird Laura bei meinem Anblick den gewissen Blick kriegen. Pah, Sebastian ist demnächst bei den Weibern abgemeldet. Mein Ehrenwort!

Mamas Supertheo

Ich habe meinen Plan gleich in die Tat umgesetzt und Liegestütze gemacht. Allerdings nicht gleich hundert. Weniger. Viel weniger, wenn ich ehrlich bin. Klingt jetzt vielleicht komisch, aber nach sieben Liegestützen war ich so erschöpft, dass ich erst mal eine längere Pause einlegen musste. Liegestütze, das weiß ich jetzt, sind höllisch anstrengend. Sie tun richtig weh. Man hat das Gefühl, dass die Oberarmmuskulatur jeden Moment vor Anstrengung reißen wird. Und das wäre natürlich furchtbar. Ich will meine Muskeln vermehren und nicht kaputtreißen.

Also, nach sieben Liegestützen hab ich mir eine Pause gegönnt und ein bisschen in meinem Lieblingsbuch geschmökert. Total spannend. James, ein zehnjähriger Junge, muss sich ganz allein durchschlagen. Im Wilden Westen. Sein einziger Freund ist sein Pferd. Die beiden erleben die unglaublichsten Abenteuer. Als ich das nächste Mal auf die Uhr geschaut habe, war es kurz vor sechs. Und ich hatte noch keinen Strich Schularbeiten gemacht. Um sechs schließt meine Ma ihren Laden. Ich musste also im Eiltempo meine Hausaufgaben erledigen. Für Liegestütze reichte die Zeit wirklich nicht mehr aus.

●

Später klingelte Theo an der Tür, Mamas neuer Freund. Den hasse ich übrigens auch. Fast genauso wie den Sportunterricht. Und dafür gibt es jede Menge gute Gründe. Zunächst einmal ist Theo viel zu jung, nämlich neunundzwanzig, während meine Mutter bereits einundvierzig ist. Zwölf Jahre Unterschied sind das, zwölf Jahre, das ist mehr als mein ganzes Leben! Was da alles passiert ist. Mal ehrlich, wie kann ein beinahe Dreißigjähriger sich in eine Einundvierzigjährige verknallen? Da stimmt doch was nicht. Sicher, meine Mutter schaut noch ganz passabel aus für ihre Jahre, bis auf die paar Falten um ihre Augen. Aber sie ist eben nicht mehr die Jüngste. Sie besucht keine Diskos, sie hört weder Techno noch Rave und sie ist leider auch nicht damit einverstanden, dass man sich die Anfangsbuchstaben seines Namens ins Haar rasieren lässt. Von einem Piercing in der Augenbraue, Unterlippe oder Zunge gar nicht zu reden.

Wenn man sich piercen lassen will, kramt sie gleich so einen blöden Zeitungsartikel aus ihrer Schreibtischschublade. Den hat sie extra für mich aufgehoben. Das muss man sich mal vorstellen. In dem Artikel wird vor der Infektionsgefahr durch Piercings gewarnt. Auf einem Bild sieht man ein Mädchen mit einer total verbeulten Nase. Das kommt angeblich vom Piercen. Alles Blödsinn, wenn ihr mich fragt. Den Artikel hat wahrscheinlich jemand geschrieben, der seinen eigenen Kindern das Piercen vermiesen wollte. Ich glaub das jedenfalls nicht. Die Ann-Kathrin von gegenüber hat sich sechs oder sieben Silberringe in ihre Augenbraue stechen lassen und die sieht klasse damit aus. Kein bisschen verbeult.

Kurz und gut, meine Ma ist hoffnungslos altmodisch, genau wie alle anderen Mütter auch. Man könnte ihr höchstens zugute halten, dass sie sich die Haare rot färbt. Aber so großartig ist das nun auch wieder nicht. Für einen Neunundzwanzigjährigen ist sie einfach zu alt. Oder umgekehrt. Theo ist für eine Einundvierzigjährige zu jung.

Theos zweiter Fehler ist sein Beruf. Als Sportredakteur der hiesigen Zeitung verbringt er jedes Wochenende in den Fußballstadien und Tennishallen, auf den Leichtathletikplätzen und in den Schwimmbädern der näheren Umgebung. Und immerzu will er mich mitnehmen. Dass es Jungen gibt, die sich kein bisschen für Sport interessieren, kommt diesem Theo offenbar gar nicht in den Sinn.

Mann, es ist ganz schön schwer, immer neue Ausreden zu erfinden, weshalb man am Samstag und Sonntag unabkömmlich ist. Und das eine oder andere Mal, als mir so gar nichts Überzeugendes eingefallen ist, bin ich auch schon zum Fußball mitgegangen. Stundenlang hab ich mir die Beine in den Bauch gestanden und Begeisterung geheuchelt, wenn irgend so ein Kerl den Ball ins Tor geschossen hat. Dabei tat mir in Wirklichkeit der arme Torwart leid. In der Schule muss ich manchmal Torwart sein.

Weil ich auf dem Feld nichts zustande kriege. Echt ätzend. Wenn die Gegner ein Tor schießen, ist die eigene Mannschaft sauer.

Theos dritter Fehler ist beinahe der schlimmste. Bei jeder Gelegenheit nennt er mich Sportsfreund. Robbi Ziegler und ein Freund des Sports, hahaha, da lachen ja wohl die Hühner!

Eines ist mir übrigens aufgefallen. Wenn Theo in die Wohnung kommt, kriegt meine Ma auch diesen gewissen, komischen Blick. Und egal, was sie heute Mittag von neuen Männern erzählt hat, der Theo hat jede Menge Muskeln. Und so wie sie ihn anschaut, ist ihr das überhaupt nicht egal. Das kann ja wohl nur bedeuten, dass sie vorhin gelogen hat. Aus Mitleid höchstwahrscheinlich, weil ihr einziger Sohn so ein armes, mageres Würstchen ist, für das sich weit und breit kein Mädchen interessiert.

Gut, dass ich mich bereits entschlossen habe, ein völlig anderer zu werden. Ein Super-Muskel-Mann. Fair finde ich es allerdings nicht, dass meine Ma mich derartig belügt. Aber so ist das wohl mit den Eltern. Angeblich meinen sie es ja nur gut mit uns Kindern.

Mensch, gerade fallen mir die noch ausstehenden dreiundneunzig Liegestütze ein. Wie es aussieht, bin ich nicht nur viel zu dünn, sondern auch ein Schlappsack. So wird es mit den Muskeln nicht klappen. Ich wollte doch morgens, mittags und abends je hundert Liegestütze machen. Und jetzt kommen zu den hundert Abendliegestützen noch dreiundneunzig Mittagsliegestütze. Werde mich wohl gleich nach dem Essen in mein Zimmer zurückziehen. Meine Ma und Theo stört das nicht. Die sind ganz gern allein.

Aller Anfang ist schwer

Ich muss zugeben, mit den Liegestützen hat es gestern nicht so hingehauen. Nach zehn Stück haben meine Oberarme gezittert und ich hab kaum noch Luft gekriegt. Zwei habe ich mit Mühe und Not noch geschafft, dann habe ich Sterne gesehen. Ungelogen. Vor meinen Augen flitzten winzige Lichtpunkte hin und her. Mit anderen Worten, ich war so gut wie ohnmächtig und musste aufgeben. Im Bett hab ich noch ausgerechnet, dass für heute Morgen zweihunderteinundachtzig Liegestütze auf dem Programm stehen. Kein sehr angenehmer Gedanke. Ich habe dann ein wenig von Laura geträumt, um mich zu motivieren. Laura, meine Vanilleeisprinzessin. Die ist wirklich jeden Liegestütz einzeln wert.

Wenn ich ehrlich bin, hatte ich mit einem tierischen Muskelkater gerechnet. Aber von neunzehn Liegestützen kriegt man wohl noch keinen. Was ich nicht wirklich schlimm finde. Da ärgert es mich schon mehr, dass meine Oberarme sich kein bisschen verändert haben. Überhaupt nicht. Ich fürchte, das mit den Muskeln wird eine ziemlich mühselige Angelegenheit.

Jedenfalls hatte ich heute Früh wie üblich nur Zeit für die nötigsten Dinge: waschen, Zähne putzen, anziehen und frühstücken. Gerade mal sechs Liegestütze hab ich geschafft. In Wirklichkeit waren es nur halbe Liegestütze, weil ich dabei gekniet habe. Dreihundertfünfundsiebzig heute Mittag, das ist wenigstens mal 'ne runde Zahl.

Kurzfristig hab ich überlegt, auf dem Schulweg zu rennen, gewissermaßen zu joggen. Damit könnte man die Muskelbildung garantiert beschleunigen. Ich hab es auch probiert, bestimmt zwanzig Meter, oder sogar dreißig. Aber erstens hab ich von der Rennerei Seitenstechen gekriegt und zweitens wurde der Inhalt meines Rucksacks total durcheinander geschüttelt. Wenn ich nicht gestoppt hätte, wäre bestimmt die Flasche mit dem Apfelsaft kaputtgegangen. Und auf so eine Schweinerei hatte ich keine Lust.

Bin also ganz gemütlich zur Schule gegangen. Wie immer. Unterwegs hab ich Marie getroffen. Sie ist vom Rad gestiegen und die letzten Meter mit mir gelaufen. »Tut dein Nacken noch weh?«, wollte sie wissen.

Es hat ein paar Minuten gedauert, bis mir einfiel, was sie meinte. Ich hab den Kopf geschüttelt. »Ist wieder alles in Ordnung.« Marie ist wirklich ein sehr nettes Mädchen. Schade, dass sie nicht wie Laura aussieht.

Mittwochs steht zum Glück kein Sport auf dem Stundenplan. Nur Mathe, Deutsch, Textil und Religion. Alles Fächer, in denen ich keine Schwierigkeiten habe. In der Deutschstunde hat Frau Hansen das letzte Diktat ausgeteilt. Ich hab 'ne glatte Zwei geschrieben genau wie Hilke, Laura, Frederik und fünf andere Kinder. Na ja, ich hab Frederik abgucken lassen. Er wählt mich ja auch immer in seine Sportmannschaft.

Bei Sebastian, diesem Hohlkopf, hat es nur zu einer Vier gereicht. Er machte ein langes Gesicht. Laura hat ihn sofort getröstet. Eine Vier, hat sie gemeint, wäre nicht schlimm. Und auch Marie fand, dass eine Vier eine richtig gute Zensur sei, für die man sich nicht zu schämen bräuchte. Über meine Zwei verloren die Mädchen kein Wort. Das war ja mal wieder typisch.

Anschließend stand Textiles Gestalten bei Frau Stolte-Meyer auf dem Stundenplan. Aus hellgrauem Filz mussten wir kleine Mäuse basteln. Ich will es kurz machen. Sebastian stellte sich so ungeschickt an, dass Frau Stolte-Meyer ärgerlich den Kopf schüttelte. Die Mädchen fanden das lustig. Ich glaube, der kann machen, was er will, die Weiber fahren drauf ab.

Kaum dass Frau Stolte-Meyer sich umgedreht hatte, griff Hilke nach Sebastians Maus und nähte heimlich ein paar ordentliche Stiche. Und das war erst der Anfang. »Lass mich auch mal«, zischte Laura eifersüchtig. Und dann stichelte sie eine ganze Naht zusammen.

Mir sind beinahe die Augen aus dem Kopf gefallen. Sebastian grinste voller Stolz in der Gegend rum, während sich die Mädchen darum zankten, wer an seiner Filzmaus mitarbeiten durfte. Doch das Allerunglaublichste war, dass Frau Stolte-Meyer, als sie das nächste Mal vorbeikam, ganz freundlich »Na siehst du, ich wusste doch, dass du es besser kannst!« sagte.

●

In einem Anfall von Verzweiflung pfuschte ich meine Maus derartig schlampig zusammen, dass Frau Stolte-Meyer fassungslos fragte, was mit mir los sei.

»Nichts«, sagte ich lässig, »ich kann das nicht besser. Bin doch kein Mädchen.«

Die ganze Klasse lachte. Laura lachte mit. Keine Spur von dem gewissen, komischen Blick. Und sie dachte auch nicht im Traum daran, eine ordentliche Naht für mich zu nähen.

Ich habe beschlossen, künftig mein Liegestützprogramm genau einzuhalten. Und ansonsten werde ich nichts mehr tun, was Weibersache ist. Das habe ich nämlich kapiert. Alles, was irgendwie weibisch ist, muss ein echter Mann ablehnen. Sebastian hat das längst begriffen. So blöd, wie ich dachte, ist er gar nicht. Im Gegenteil, ich bin wohl selbst der Depp. Aber das werde ich ganz schnell ändern. Von wegen Tisch decken und so 'n Quatsch. Das soll meine Ma schön selber machen. Ich kann in der Zeit ja Männerarbeiten verrichten. Fenster streichen. Oder den Garten umgraben. Davon kriegt man bestimmt Muskeln.

Klarer Sieg für mich

Das mit meinen guten Vorsätzen hat nicht geklappt. Als ich meiner Mutter gesagt habe, dass ich künftig nicht mehr den Tisch decken und abräumen will, weil das Frauenarbeit ist, ist sie ausgeflippt. Echt, die war so was von sauer, dass die Wände gewackelt haben. Mir blieb gar nichts anderes übrig als nachzugeben. Werde also weiterhin meinen Teil der Hausarbeit erledigen. Zum Glück kann Laura mich hier ja nicht sehen. Aber außerhalb dieses Hauses, das steht fest, mache ich keine Weibersachen mehr. Da kann meine Ma sagen, was sie will.

Und was das Textile Gestalten angeht, da werde ich mich künftig blöd stellen. So tun, als ob ich zwei linke Hände hätte. Wie Sebastian. Im letzten Zeugnis hatte ich übrigens eine glatte Zwei. Peinlich. Ich will doch kein Schneider werden. Was hab ich mir nur dabei gedacht?

Gerade als wir essen wollten, kam übrigens Theo. Meine Ma stellte ganz selbstverständlich einen dritten Teller auf den Tisch, was mich ziemlich genervt hat. Nicht mal in Ruhe zu Mittag essen kann man neuerdings. Meine Laune sank weit unter den Gefrierpunkt. Besonders als Theo »Na, Sportsfreund, wie war es in der Schule?« sagte.

Sportsfreund! Ich hätte in die Luft gehen können. In der nächsten halben Stunde hat er mich noch sechsmal

Sportsfreund genannt. Ich hab es in Gedanken mitgezählt. Oh, wie ich es hasse, Sportsfreund genannt zu werden.

Ich beschloss, mich zu rächen. »Ich werde euch nach dem Essen etwas auf dem Klavier vorspielen«, kündigte ich an.

Meine Ma freute sich natürlich. Bei Theo fielen die Mundwinkel herab, als wäre ein unsichtbares Gummiband gerissen. Theo mag keine Klaviermusik. Das hab ich schon längst gemerkt. Und ich glaube, er mag es noch viel weniger, neben meiner Ma zu sitzen und Begeisterung zu heucheln. Für ihn sind Klavier spielende Jungs wahrscheinlich ein Gräuel. Aber so, wie es unter Verliebten nun einmal üblich ist, traut Theo sich nicht, das ehrlich zuzugeben. Schade eigentlich, denn meine Ma hätte unter diesen Umständen bestimmt einen ganz anderen Blick als den einen, gewissen, gekriegt. Vielleicht würde sie sogar richtig sauer werden. Und sie würde Theo verbieten, jemals wieder unser Haus zu betreten. Aber wie schon angedeutet, der Theo kann sich wunderbar verstellen. Meine Ma hat noch nichts davon bemerkt, dass mein Klavierspiel ihn nervt.

Egal. Jedenfalls kann man diesen aufgeblasenen Muskeltheo wunderbar ärgern, indem man stundenlang Sonaten und Sonatinen herunterspielt. Mamas Lieblingsstück ist das *Albumblatt für Elise*. Das kann sie immer wieder hören. Und Theo sieht jedes Mal aus, als hätte er Zahnweh. Insgesamt siebenmal hatte der gute Theo mich beim Mittagessen Sportsfreund genannt. Tja, das bedeutete dann sieben Sonatinen, extralang natürlich.

Ich, Robert Amadeus Ziegler, spielte. Und spielte. Und spielte. Mit geschlossenen Augen ließ ich meine Finger über die Tasten gleiten. Es war einfach großartig, Leute, und meine Klavierlehrerin Fräulein Herzbach wäre bestimmt beeindruckt gewesen. Erst Mas Lieblingsstück, dann eine Hirtenweise mit irre vielen Vorzeichen, es folgten ein Zigeunertanz und zwei Sonaten, die ich schon so oft gespielt habe, dass ich sie auswendig kann, ein ungarisches Wiegenlied und am Ende noch einmal das *Albumblatt für Elise,* langsam und mit ganz viel Gefühl.

Irgendwann seufzte meine Mutter. »Schade, schon halb drei. Ich muss den Laden aufschließen. Du kannst ja noch ein wenig für Theo weiterspielen.«

Der fiel vor Schreck beinahe vom Stuhl. »Ach, wie schade, leider habe ich überhaupt keine Zeit mehr. Ich muss auf der Stelle los, schade, Sportsfreund.«

Sportsfreund? Ich begann sofort eine neue Sonatine.

»Die musst du einfach noch hören, Mama. Sie klingt so wunderschön …«, behauptete ich.

Theo brachte kein Wort mehr heraus. Er lächelte nur noch kläglich. Und schaute verstohlen auf die Uhr. Als die letzten Töne verhallten, sprang er auf, riss seine Jacke vom Garderobenhaken, murmelte etwas von »wahnsinnig eilig« und polterte die Treppe hinunter.

Irgendwie hatte ich das Gefühl, Theo im Boxring k.o.

geschlagen zu haben. Am liebsten hätte ich laut gejubelt und »Gewonnen!« gerufen. Stattdessen habe ich ein besorgtes Gesicht gemacht und meine Mutter gefragt, ob es sein könne, dass Theo unmusikalisch ist. Von unmusikalischen Menschen hält meine Ma nämlich nicht viel.

Sie zuckte richtig zusammen. »Theo? Unmusikalisch? Ach was, das glaube ich nicht.« Aber ein wenig nachdenklich klang es schon. Wer weiß, vielleicht merkt sie ja doch noch, dass dieser Theo nicht zu uns passt.

Nach dem Mittagessen standen dreihundertfünfundsiebzig Liegestütze auf meinem Programm. Aber zuerst musste ich den Tisch abräumen. Und meine Hausaufgaben erledigen. Ein Klacks übrigens. Alles, was wir aufhatten, war puppenleicht und ließ sich in null Komma nichts erledigen. Da blieb mir Zeit genug, endlich das angefangene Buch zu Ende zu lesen.

Dieser James aus dem Roman ist ein richtiger Held. Einer, der alles schafft. Im Dunkeln einen Fluss überqueren, auf dem Bauch lautlos an zwei erwachsenen Bösewichtern vorbeirobben, sein Pferd aus einem bewachten Indianerdorf befreien. Ich mag es kaum sagen, aber wenn ich versuche, mir diesen James vorzustellen, sehe ich immer Sebastian vor mir.

Gerade eben hat meine Ma mich gestört: »Robbilein! Es ist schon Viertel vor sechs und du musst noch Brot holen. Beeil dich!«

Ach du Schande. Dieser Nachmittag ist ja richtig verflogen. Wenn ich heute Abendbrot essen will, muss ich mich jetzt tierisch beeilen. Mist. Dieser blasse, schwächliche Jüngling, der den ganzen Nachmittag auf seinem Bett gelegen hat, hat seine dreihundertfünfundsiebzig Liegestütze nicht gemacht. Nachher kommen noch hundert dazu. Vierhundertfünfundsiebzig. Da fange ich am besten gleich nach dem Abendbrot an. Bis Mitternacht hab ich es mit ein bisschen Glück geschafft.

Muskelkater

Ob man es glaubt oder nicht, gestern Abend hab ich dreiundzwanzigeinhalb Liegestütze geschafft. Der halbe und der fünfundzwanzigste, die ich zu gern noch gemacht hätte, allein wegen der schönen Zahl, sind mir aber nicht mehr gelungen. Meine Arme fühlten sich an wie Pudding und ich bin völlig erschöpft auf mein Bett gefallen und augenblicklich eingeschlafen. Geträumt habe ich nichts, höchstwahrscheinlich fehlte mir die Kraft dazu.

Heute Früh bin ich kaum aus dem Bett gekommen. Zum Anziehen habe ich ewig gebraucht. Jede Bewegung war eine Qual. Alles tut mir weh, die Schultern, der Nacken, die Arme, sogar der Rücken.

Muskelkater, endlich.

Als ich im Schneckentempo in die Küche gekrochen bin, hat meine Ma gefragt, warum ich so seltsam steif laufe.

»Hab wohl schief gelegen, heut Nacht.« Etwas Besseres ist mir so schnell nicht eingefallen. Und die Wahrheit wollte ich auf gar keinen Fall verraten. Nicht mal meiner Mutter. Die hätte das sowieso nicht verstanden. Ihrer Meinung nach stehen Weiber ja auf Klavier spielende, unsportliche Typen. Wenn das stimmen würde, hätte sie ihren Muskeltheo längst auf den Mond geschossen.

●

Nur unter größten Schmerzen gelang es mir, meine Schultasche auf den Rücken zu nehmen. Auf dem Schulweg bin ich wie eine fußkranke Schnecke geschlichen. Jeder Schritt war eine Qual. Und die ganze Zeit habe ich mich gefragt, wie ich die Schultasche wieder von meinem Rücken herunterbekommen sollte. Wo ich doch meine Arme praktisch nicht mehr bewegen konnte. Es war mir völlig schleierhaft. Und ich fühlte mich auch viel zu schwach und krank, um länger darüber nachzudenken.

Frau Hansen sah erstaunt auf, als ich drei Minuten nach dem Klingeln in den Klassenraum schlich. Noch erstaunter schaute sie allerdings, als ich unter lautem Stöhnen meine Schultern bewegte, um die Schultasche loszuwerden.

»Was ist denn mit dir los?«, wollte sie wissen.

Mit letzter Kraft erdachte ich eine Notlüge. »Bin zu Hause die Treppe runtergefallen.«

Was für ein blöder Einfall. Kein Wunder, dass einige laut lachten. Ich sage es nicht gern, aber Laura lachte mit.

Eine Lehrerin wie Frau Hansen lässt so etwas nicht auf sich beruhen. »Ist es sehr schlimm?«, fragte sie besorgt. »Wo tut es denn besonders weh?«

Ich zeigte mit zusammengebissenen Zähnen auf meine rechte Schulter.

»Lass mich mal schauen. Zieh den Pullover aus.«

Zieh den Pullover aus. Das hört sich jetzt so einfach an. Ihr müsst bedenken, dass ich mich kaum bewegen konnte. Das Heben der Arme war praktisch unmöglich. Ich brauchte bestimmt fünf Minuten. Ich wette, die anderen waren dankbar, weil so ein Teil des Unterrichts verging, ohne dass sie sich anstrengen mussten.

»Tut es so weh?«, fragte Frau Hansen besorgt. Und dann tastete sie vorsichtig meine rechte Schulter ab. Ihre Hände waren angenehm kühl. »Es ist nichts zu sehen«, meinte sie dann ratlos. »Keine Schwellung, kein Bluterguss.«

Ich zuckte nur mit den Schultern. Vorsichtig und langsam, schließlich tat es da höllisch weh. Zu sehen war tatsächlich nichts. Gar nichts. Mein Oberarm war immer noch weiß und dünn und absolut ohne Muskeln. Für einen Moment zweifelte ich am Erfolg meiner Liegestütze. Ich fragte mich, wofür ich mich überhaupt so quälte. Aber keine Sorge, ich werde nicht aufgeben.

Während Frau Hansen eine Geschichte vorlas, hab ich im Kopf gerechnet. Von den vierhundertfünfundsiebzig Liegestütze gestern Abend hab ich nur dreiundzwanzigeinhalb geschafft. Also fehlen mir noch vierhunderteinundfünfzig und eine halbe. Plus einhundert von heute morgen. Nach Adam Riese (das sagt meine Ma immer, wenn sie was ausrechnet; keine Ahnung, wer dieser Adam Riese ist!) müsste ich heute Mittag also sechshunderteinundfünfzigeinhalb Liegestütze machen. Unmöglich. Ich konnte mir kaum vorstellen, meine Schultasche wieder nach Hause zu tragen. Mit der einen Gehirnhälfte konzentrierte ich mich auf Frau Hansens Geschichte, mit der anderen überlegte ich, was an meinem Trainingsprogramm nicht stimmte. Ich kam zu keinem Ergebnis.

Vielleicht musste ich einfach nur viel härter mit mir selbst sein. Nicht so schnell schlappmachen. Ich beschloss, diesen lästigen Muskelkater gar nicht zur Kenntnis zu nehmen. Aber das war sehr viel leichter gesagt als getan.

Gott sei Dank durfte ich in der Pause im Klassenzimmer bleiben. Frau Hansen war immer noch sehr besorgt. Wenn es nicht besser werden würde, sollte ich heute Nachmittag zum Arzt gehen. Die Schulter müsste dann geröntgt werden. Wenn die wüsste!

Auf dem Heimweg bin ich im Zeitlupentempo geschlichen. Marie hat angehalten und gefragt, ob sie meinen Ranzen auf ihren Gepäckträger legen soll. Ich habe großmütig abgelehnt. Ein echter Mann lässt sich nicht von Weibern helfen.

Meine Pläne, das Klavierspielen völlig aufzugeben, hab ich vorerst wieder fallen gelassen. Die Vorstellung, ganz ruhig auf dem Klavierhocker zu sitzen und meinen armen Körper zu schonen, erschien mir einfach zu verlockend. Außerdem kann man Mas Theo herrlich ärgern, wenn man sich ans Klavier setzt. Und Fräulein Herzbach ist so nett. Ohne das Geld, das sie jeden Monat von uns bekommt, muss sie womöglich hungern.

Was die sechshunderteinundfünfzigeinhalb Liegestütze angeht, ich hab keine einzige davon geschafft. Obwohl ich mich selbst als Schlappschwanz und Feigling beschimpft habe, als Weichei und Jammerlappen. Es ging einfach nicht. Ich schaffte es ja kaum, mich auf den Boden zu legen. Und einmal dort angekommen, knickten meine Arme zusammen wie Streichhölzer, als ich mich aufstützen wollte.

Also hab ich nach den Schularbeiten eine Weile Klavier gespielt. Aber das war mir auch zu anstrengend. Weil man die Arme dabei bewegen musste. Deshalb hab ich es mir mit meinem Buch auf dem Bett so richtig gemütlich gemacht. Das war mal wieder ein Nachmittag nach meinem Geschmack. Um das Glück perfekt zu machen, hat es sogar geregnet. Die Tropfen klopften und hämmerten gegen mein Fenster, aber ich dachte ja nicht im Traum daran, sie hereinzulassen.

Zufällig wusste ich genau, dass Sebastian an diesem Nachmittag ein Fußballspiel hat. Draußen. Bei dem Wetter! Wie kann man nur so blöd sein, sich freiwillig nass regnen zu lassen? Aber dieser Sebastian ist eben blöd. Darum schreibt er ja auch Straßenkreuzung falsch. Und eine simple Maus aus Filz kann er auch nicht vernünftig zusammennähen.

Seltsam, dass es den Mädchen – allen voran Laura – völlig egal ist, dass es Sebastian an Grips fehlt. Hm, wahrscheinlich ist es besser, ein Blödmann mit Muskeln zu sein als ein intelligenter Typ ohne Muskeln.

Beim Abendessen hat meine Ma leider den Rest des bis dahin so schönen Tages verdorben. »Du, Robbilein«, hat sie gefragt, »würde es dir sehr viel ausmachen, heute

Abend allein zu bleiben? Theo und ich würden gern ins Kino gehen.«

Was soll man dazu sagen? Das Alleinsein ist kein Problem, schließlich bin ich schon zehn. Aber dass meine Ma den Abend lieber mit diesem Sportlertheo als mit ihrem einzigen Kind verbringen wollte, kränkte mich schon.

»Hoffentlich ist es kein Musikfilm«, hab ich gebrummt. »Der Theo mag nämlich keine Musik. Ich weiß nicht, ob dir das schon aufgefallen ist. Vor lauter Muskeln.«

»Aber Robbilein. Der Theo hat doch gar keine Muskeln. Jedenfalls nicht so viele. Und Musik mag er auch. Ganz bestimmt. Wenn du Klavier spielst, ist er immer ganz begeistert.« Na, wenigstens wurde sie noch rot beim Lügen. Dunkelrot sogar.

Der Abend verlief trotzdem ganz nett. Ich hab ein heißes Bad genommen, wofür meine geschundenen Muskeln überaus dankbar waren. Danach habe ich mir einen amerikanischen Krimi mit ganz vielen Schießereien angesehen. Ich habe Cornflakes mit ganz viel Zucker gegessen und bin mit ungeputzten Zähnen ins Bett gegangen. Wenn meine Ma das wüsste, würde sie sich bestimmt tierisch aufregen. Und das war irgendwie ein schönes Gefühl.

Mein geänderter Trainingsplan

Achthunderteinundfünfzigeinhalb Liegestütze, lautete mein erster Gedanke heute Morgen. Ich setzte mich mühsam auf und beschloss, meinen Trainingsplan auf der Stelle zu ändern. Bevor ich den Rest meines Lebens damit verbringen musste, nicht geschaffte Liegestütze nachzuholen. Dreimal zwanzig Liegestütze, das musste künftig reichen. Und die Achthunderteinundfünfzig erließ ich mir großzügig. Das war ein wunderbares Gefühl.

Vorsichtig hob ich den linken Arm an. Es ziepte immer noch. *Egal, da musst du jetzt durch,* hab ich mir selbst befohlen. *Denk an Laura. An ihre himmelblauen Augen.* Und dann hab ich mich runter auf den Boden gezwungen. Auf den Bauch. Die Hände neben der Brust aufgestützt. Und hoch. Und wieder runter. Damit das Ganze überhaupt erträglich war, hab ich meinen Körper höchstens fünf Zentimeter angehoben und dann wieder fallen lassen. So gelangen mir immerhin achtzehn Liegestütze. Die beiden restlichen erließ ich mir, damit ich nicht gleich wieder ins Minus rutschte.

In der Küche saß meine Ma am Frühstückstisch. Sie schaute sehr ernst aus. »Du, Robbilein«, sagte sie, »wir beide müssen mal etwas miteinander besprechen.«

Mir fielen jede Menge verbotene Sachen ein, die ich

trotzdem gemacht hatte. Der Zuckerberg auf den Cornflakes gestern Abend, der Fernsehkrimi, meine ungeputzten Zähne. Aber meine Ma wollte etwas ganz anderes mit mir besprechen. Es ging, wie konnte es anders sein, um ihren Herzallerliebsten.

»Sag mal ... könnte es eventuell sein, dass du auf den Theo eifersüchtig bist? Ich meine – du sagst immer so Sachen über ihn, dass er unmusikalisch ist und so. Wie kommst du nur darauf?«

Beinahe wäre mir das Brötchen im Hals stecken geblieben. »Ich? Eifersüchtig? Auf den?« Eigentlich hätte ich an dieser Stelle noch Blödmann sagen wollen, aber das verkniff ich mir. »Das glaubst du von mir?«, schrie ich empört. Ich sprang sogar auf. Ohne jede Rücksicht auf meinen Muskelkater.

»Ja. Ich meine, nein. Oder doch«, stotterte sie herum. »Ein bisschen vielleicht. Er findet nämlich auch, dass du ihn nicht gerade freundlich behandelst.«

Also, eines steht ja wohl fest. Was dieser Muskeltheo von mir denkt, ist mir völlig egal. »Na und!«, schrie ich deshalb. »Der kann denken, was er will! Interessiert mich doch nicht!«

Meine Ma brüllte nicht. Sie rührte gedankenverloren in ihrem Kaffee. »Ach, Robbilein. Theo gibt sich solche Mühe. Wirklich! Wie oft hat er dich schon zu irgendwelchen Sportveranstaltungen eingeladen. Und du gehst einfach nie mit. Er meint es doch nur gut ...«

»Eingeladen, pah. Das klingt so großartig. Der kriegt

die Karten doch umsonst«, fiel mir ein. »Wenn er mich wirklich einladen will, kann er ja mit mir ins Disneyland nach Paris fliegen.« Ich grinste.

Darauf wusste meine Ma keine Antwort. Klar, weil ihr Theo geizig war und sie das nicht zugeben konnte. »Hör mal«, sagte sie schließlich. »Gestern Abend haben wir uns etwas überlegt. Wir könnten doch am Sonntag eine schöne Fahrradtour machen. So mit Picknick und allem. Das wäre eine gute Gelegenheit, einander besser kennen zu lernen.«

Hat man schon mal so was Dämliches gehört? *Einander besser kennen lernen.* Das könnte ein Satz aus einem kitschigen Kinofilm sein. Und unlogisch war es außerdem.

»Wieso? Ich kenn dich doch gut genug. Und du mich auch. Zwischen dir und Theo scheint ja ebenfalls alles klar zu sein. Und was mich und Theo angeht: Ich will den blöden Heini überhaupt nicht besser kennen!« Die letzten Worte hab ich richtig gebrüllt.

Mensch, war ich sauer. Vor lauter Wut hab ich nicht mal meinen Muskelkater gespürt. Ich bin raus aus der Küche, hab meinen Ranzen geschnappt und bin in Rekordzeit zur Schule marschiert. Frau Hansen war übrigens sehr erfreut, dass es mir besser ging.

In der Pause hat Marie nach meiner Schulter gefragt.

»Kein Problem«, hab ich großspurig gesagt. »Ein Indianer kennt keinen Schmerz.«

Ich wette, Sebastian hätte so was Ähnliches von sich

gegeben. Marie war auf jeden Fall sehr beeindruckt. Der Rest des Schultages war nicht der Rede wert. Mathe, Deutsch und Erdkunde. Sebastian weiß nicht, wie die Hauptstadt von Frankreich heißt.

Mittags habe ich zwanzig Liegestütze geschafft. Fast ohne Schummeln. Ich befinde mich auf dem besten Weg, ein wahrer Held zu werden. Zwanzig Liegestütze trotz Muskelkater. Darauf kann man schon stolz sein, oder?

Fräulein Herzbach gibt Ratschläge fürs Leben

Freitags habe ich von drei bis vier Uhr Klavierstunde. Bei Fräulein Herzbach. Fräulein Herzbach ist alt, uralt, neunzig oder hundert, würde ich schätzen. Sie hat schneeweiße Haare, so dünn, dass die Kopfhaut rosa durchschimmert; sie ist winzig klein und sieht irgendwie vertrocknet aus.

Wenn jetzt aber einer von euch denkt, dass man Fräulein Herzbach nicht ernst nehmen muss, dass es egal sei, ob man geübt hat oder nicht, so ist das ein Irrtum. Fräulein Herzbach kann bitterböse werden, Leute. Dann sagt sie: »Robert, es ist sehr ungezogen, dass du deine Sonaten nicht geübt hast. Du stiehlst mir meine Zeit! Ich weiß nicht, ob ich mich noch länger mit dir befassen soll!« Tja, wenn ich das sage, hört es sich nicht sonderlich bedrohlich an. Aber wenn Fräulein Herzbach solche Sachen sagt, wird es einem eiskalt ums Herz. Das könnt ihr mir glauben.

Ich jedenfalls übe meine Aufgaben, bevor ich zur Klavierstunde gehe. Dann ist Fräulein Herzbach die Freundlichkeit in Person. Sie sitzt mit geschlossenen Augen neben mir, ihr Kopf nickt im Takt, und dann und wann murmelt sie: »Schön, sehr schön, Robert.« Sie nennt mich nämlich Robert. Robbi ist kein Name, behauptet sie. Sie findet es unziemlich, Namen abzukürzen. *Unziemlich* – Fräulein Herzbach benutzt gern so altmodische Wörter.

An den Wänden ihrer Wohnung hängen viele Schwarz-Weiß-Fotos. Ihre Eltern sind darauf zu sehen. Und ein Mädchen mit blonden Zöpfen und einem weißen Spitzenkleid. Das ist Fräulein Herzbach. Die Familie steht vor einem riesigen weißen Haus. »Das war unser Gutshof«, hat Fräulein Herzbach mal erzählt. »Im Krieg haben wir alles verloren. Heute ist dort die Tschechei.«

So wie es aussieht, ist Fräulein Herzbachs Familie vor dem Krieg sehr reich gewesen. Und jetzt ist Fräulein Herzbach bitterarm. Sie gibt Klavierstunden und häkelt Topflappen, die im Wollgeschäft verkauft werden. Und sie hat keinen Mann. Vielleicht, weil sie immer so streng ist. Ich glaube nicht, dass viele Männer das mögen.

Fräulein Herzbach lebt in einer Zweizimmerwohnung. Im Wohnzimmer steht das Klavier, an dem sie Unterricht gibt. Außerdem drängeln sich dort so viele Möbel an den Wänden entlang, dass man sich kaum bewegen kann. Auf dem Boden liegen mehrere Teppiche übereinander. Der Oberste ist hellgrün und rosa gemustert. Ich finde ihn schön. Einer der vielen Schränke hat Glastüren. Dahinter stehen Gläser und kleine Tiere aus geschliffenem Glas, winzige chinesische Teetassen und viele Bilder in silbernen Rahmen. Die Sachen sind wertvoll, hat Fräulein Herzbach mal erzählt. Sie sind das Einzige, was ihre Eltern aus dem großen Gutshof retten konnten.

Ich an ihrer Stelle würde ein paar Glastiere verkaufen und mir von dem Geld ein schickes Kleid leisten. Fräulein Herzbach trägt nämlich komische Sachen. Eine Strickjacke, deren kunterbunt gestreifte Ärmel aus Resten gestrickt sind. Oder ein geblümtes Kleid, das aussieht, als wäre es aus einer Tischdecke genäht. Und seit ich bei ihr Unterricht nehme, das sind jetzt immerhin vier Jahre, trägt sie immer die gleichen Schuhe, Spangenschuhe aus grauem Leder. Komischerweise sehen die immer noch nagelneu aus. Vielleicht geht Fräulein Herzbach niemals aus dem Haus. Ich habe sie jedenfalls noch nie auf der Straße getroffen.

Ich fing an zu spielen. Irgendwie wollte es nicht so recht klappen. Ein paar Mal kam ich aus dem Takt. Und dann verhaspelte ich mich bei einer Etüde. Auweia, jetzt bin ich wieder ungezogen, dachte ich.

Aber Fräulein Herzbach legte ihren angefangenen Topflappen zur Seite und sagte ernst: »Was ist los, Robert. Du bist nicht bei der Sache.«

Echt, das ist ihr aufgefallen. Meine Ma dagegen merkt überhaupt nichts. Die denkt von morgens bis abends nur an ihren blöden Theo.

Ich habe meine Hände auf den Schoß gelegt, ganz tief Luft geholt und gesagt: »Ich wüsste gern, warum

Mädchen sich nur für sportliche Jungen interessieren. Und warum Klavier spielende Jungen ihnen einerlei sind.«

Für zwei oder drei Minuten blieb es still. Dann nahm Fräulein Herzbach ihre Handarbeit wieder auf. »Merk dir eins, Robert. Jeder Mensch hat eine Berufung. Und deine könnte das Klavierspielen sein. Natürlich müsstest du noch sehr viel fleißiger üben.«

Ich hab dagesessen, auf die Tasten gestarrt und überlegt.

»Und wenn ich mir ganz viel Mühe gebe und jeden Tag trainiere?«, habe ich mit klopfendem Herzen gefragt. »Könnte ich dann nicht auch ein Sportler werden?«

Fräulein Herzbach überlegte nicht eine Minute. »Man kann nicht werden, was man nicht tief in seinem Innersten schon lange ist. Und jetzt spiel weiter.« Ungeduldig klopfte sie mit der Häkelnadel auf eine der Tasten. »Noch mal von vorn. Und diesmal mit Seele, wenn ich bitten darf, Robert.«

Also spielte ich mit Seele, bis Fräulein Herzbach wieder nickte und »wirklich schön« murmelte. Und ich stellte mir vor, Laura würde dort sitzen und mich loben.

Auf dem Heimweg dachte ich über Fräulein Herzbachs Worte nach: Man kann nicht werden, was man nicht tief in seinem Innersten schon lange ist.

Tief in meinem Innersten war ich total verliebt in Laura. Und außerdem sauer auf meine Ma, weil sie sich in einen jüngeren Mann verknallt hatte. Aber was war ich sonst? Ich blieb stehen und hielt die Luft an. Mit geschlossenen Augen versuchte ich in mich hineinzusehen. Ganz in die Mitte. Aber da war nichts.

Nur Laura.

Aus für Theo

Diesen Sonntag werde ich mein ganzes Leben lang nicht vergessen. Ich habe ein dickes rotes Kreuz auf meinem Kalender gemacht. So wie es aussieht, hat die Sache mit Theo sich ein für alle Mal erledigt.

Dabei fing der Tag echt mies an. Als ich aufwachte und aus dem Fenster schaute, strahlte mich die Sonne an. Der leuchtend blaue Himmel schien wie leergefegt, kein noch so winziges Regenwölkchen war in Sicht. Dabei hatte ich Regenwetter bestellt. Gewitter, Sturm, Unwetter. Um dieser lästigen Besser-kennen-lernen-Fahrradtour zu entgehen. Und jetzt herrschte allerschönster Sonnenschein. Mist! Vor lauter Wut schaffte ich meine zwanzig Liegestütze in Rekordzeit. Ganz ohne Schummeln.

Kaum dass meine Ma und ich gefrühstückt hatten, ihre gute Laune war übrigens kaum zu ertragen, klingelte Theo an der Tür. Und ich bedaure immer noch, dass ich keinen Fotoapparat zur Hand hatte. So wie Theo aussah, wäre er ein Bild wert gewesen. Sogar ein riesiges Poster. Und da wir Theo wohl nie wiedersehen, hätte das eine nette Erinnerung werden können. Weil es kein Bild gibt, werde ich versuchen, Theos Aussehen zu beschreiben.

Wohl um mit seinen vielen Muskeln anzugeben, hatte der Gute sich in ein hautenges knallgrünes Trikot gezwängt. Mit kurzen Beinen übrigens. Jetzt weiß ich, dass seine Waden zwar kräftig sind, aber schrecklich behaart. Zu diesem affigen Anzug trug er orangefarbene Handschuhe und einen albernen grün-gelb gestreiften Helm, der wie ein halbes Ei aussah. Ein halbes Osterei versteht sich, wegen der bunten Streifen. Am alleraller-schlimmsten fand ich jedoch seine Schuhe. Stellt euch Turnschuhe mit Absatz vor. Der Absatz befindet sich allerdings nicht hinten, sondern vorn unter den Fußballen. Das ist natürlich Absicht. Wie ihr euch vielleicht denken könnt, handelt es sich um Extraanfertigungen für Rennradfahrer und solche, die so aussehen wollen, also solche wie Theo. Zum Laufen sind sie nicht gedacht, nur zum Radfahren. Die komischen Absätze, das hab ich fünf Minuten später gesehen, passen nämlich genau in die Pedale. So kann man beim Schnellfahren nicht abrutschen. Dass Theos Fahrrad keines von der Sorte ist, mit denen normale Menschen sich fortbewegen, muss ich ja wohl nicht extra erwähnen. Theo fährt natürlich eine echte Rennmaschine aus Leichtmetall. Ohne Gepäckträger und Beleuchtung, wie es sich für ein Sportgerät gehört.

Es war mir höchst peinlich, neben Theo auf der Straße zu stehen. Wer möchte denn schon mit einem Leuchtfrosch gesehen werden. Die ganze Zeit hab ich gedacht, hoffentlich kommt Laura nicht vorbei. Oder sonst jemand aus meiner Klasse, der es Laura erzählen könnte.

Ob man es glaubt oder nicht, selbst meine Ma hat leise gemurmelt: »Hoffentlich begegnet uns niemand, den ich kenne.« Und dann hat sie noch gesagt: »Na ja, zum Glück haben wir unsere Verpflegung dabei und brauchen nirgends einkehren.«

Theo stakste ungeduldig auf seinen komischen Schuhen hin und her. Es sah unglaublich blöde aus. Ich musste immer an den Hahn von meinen Großeltern denken. Der stelzt auch so albern über den Hühnerhof. Nee, das Laufen in Rennradschuhen gehört eindeutig nicht zu Theos Paradedisziplinen. »So, Sportsfreunde, ich denke, wir fahren erst mal bis zum Waldsee«, schlug er gut gelaunt vor.

»Erst mal?«, japste meine Mutter. »Wenn wir da ankommen, werde ich bereits halb tot sein. Das sind doch mindestens zehn Kilometer, Liebling!«

»Neunzehn«, verbesserte ihr Liebling sie nachsichtig. Und dann meinte er noch, dass das ja nicht viel sei. Er hätte sich vorgestellt, wir umrunden den See, das wären dann noch einmal fünf Kilometer, und würden uns anschließend wieder auf den Heimweg machen. Mit anderen Worten, eine gemütliche Pause kam in seinen Plänen nicht vor. Im Gegenteil: Beim Anblick des gut gefüllten Picknickkorbes schüttelte er den Kopf. »Den lassen wir am besten hier. Wir können ja gemütlich zu Hause essen. Hinterher. Der Korb stört nur beim Fahren. Das

Einzige, was wir brauchen, sind Getränke. Mineralwasser zum Beispiel.«

Ich wette, jeder von euch kennt das. Es gibt Situationen, da kann man mit seiner Mutter nicht mehr diskutieren. Da muss man die Klappe halten. Ja Mama, okay Mama, mach ich. Sonst wird es verdammt ungemütlich. *Ich* weiß genau, wann dieser Punkt erreicht ist. Dann schrillt bei mir so eine innere Alarmglocke.

Theo der Dussel ist wohl nicht mehr so geübt im Umgang mit Müttern. Ihm war der Ernst der Situation jedenfalls nicht bewusst. Er redete einfach weiter. Dass er die Strecke schon einmal in weniger als zwei Stunden geschafft hätte. Dass Sport und schwere Mahlzeiten nicht zusammenpassen würden, *schwere* Mahlzeiten, hat er echt gesagt. Theo stolperte mit offenen Augen in sein Unglück. Oder vielmehr, er radelte mitten in den Ärger hinein.

»Du kannst das ja so machen, Theo«, sagte meine Ma in ihrem allerstrengsten Mutterton. »Mein Sohn und ich werden allerdings ganz gemütlich mit dem Rad ins Grüne fahren, so lange, bis wir keine Lust mehr haben, und dann werden wir uns irgendwo einen schönen Platz für unser Picknick suchen.«

Sie machte eine kurze, wirkungsvolle Pause.

»Wenn du mir gestern schon gesagt hättest, dass du ein Rennen fahren willst, hätte ich dir gleich gesagt, dass ich für so etwas zu alt bin.«

Peng. Am liebsten hätte ich sie umarmt und abgeküsst.

Aber das tun zehnjährige Jungs nicht mehr. Jedenfalls nicht mit ihren Müttern.

Am Ende war es so, dass Theo als knallgrüner Punkt irgendwo am Horizont leuchtete, während meine Mutter und ich ohne Eile durch die Natur radelten. Gepicknickt haben wir gemeinsam auf einer Wiese am Waldrand. Aber Theo hat nur ganz wenig gegessen und dabei nicht mal sein halbes Osterei abgesetzt. Und eh man sich's versah, sprang er wieder auf sein Rennrad. Wegen seiner Muskeln, die waren jetzt warm und durften angeblich nicht kalt werden.

Das gibt mir irgendwie zu denken. Wenn Theo Recht hat, muss man solche Muskeln, wenn man sie endlich hat, besonders pflegen. Kann das etwa bedeuten, dass man pausenlos rumrennen muss, damit sie nicht abkühlen und dann reißen? Ob Sebastian das auch macht? Nöö, der sitzt im Unterricht eigentlich immer still auf seinem Platz. Bestimmt wollte Theo sich nur wichtig machen.

Abends hab ich mit meiner Ma am Küchentisch Mühle gespielt. Ohne Theo. Über Theo haben wir kein einziges Wort gesprochen. Theo ist neuerdings out. Tja, wenn es darauf ankommt, sind Muskelmänner eben zu nichts zu gebrauchen. Jetzt sieht alles danach aus, als ob meine Ma damals doch nicht aus Mitleid gelogen hat. Nein, bestimmt hat sie, als Theo dieses knallenge grüne Leuchtedings trug, zum ersten Mal seine vielen Muskeln bemerkt. Und jetzt gefällt er ihr nicht mehr.

Pech für Theo. Das mit den Liegestützen muss ich mir noch mal überlegen. Ich glaube, der Aufwand lohnt sich nicht.

Alle Qual ist vergebens

Heute Morgen hab ich ernsthaft in Erwägung gezogen, mein Trainingsprogramm abzubrechen. Möglicherweise benötigen Muskeln eine besondere Pflege. Bei extremen Temperaturunterschieden können sie reißen. Und Muskelrisse sollen eine sehr schmerzhafte Angelegenheit sein. Hat Theo, der Exfreund meiner Ma, jedenfalls gestern behauptet.

Aber dann fiel mir Laura ein, die mich immer noch behandelt, als wäre ich aus Glas und völlig durchsichtig. Nein, ich brauche diese Muskeln. Und deshalb beschloss ich, vorläufig weiterzumachen.

In der ersten Stunde hat Frau Hansen gar keinen Unterricht gemacht. Sie erzählte, dass unsere Schule demnächst fünfzig Jahre alt würde. Und das musste man angeblich groß feiern. Warum, kapierte ich eigentlich nicht. Die Schule ist schließlich nichts weiter als ein Haus. Und davon, dass Häuser ihre Geburtstage feiern, habe ich echt noch nie gehört. Frau Hansen sprach von einer großen Feier, die kurz vor den Sommerferien stattfinden sollte.

»Jede Klasse soll etwas vorführen. Was meint ihr denn, was wir machen könnten«, wollte sie wissen und schaute aufmunternd von einem zum andern.

Hilke meldete sich als Erste. »Ich weiß was Tolles«, behauptete sie. »Wir üben einen Tanz ein!« Hilke ist Mitglied in einer Volkstanzgruppe.

»Da mach ich nicht mit«, sagte Sebastian sofort. Und ein paar andere Jungs nickten. »Genau. Rumhopsen können die Mädchen allein.«

Ich nickte ebenfalls. Was das Benehmen angeht, ist Sebastian ja so eine Art Vorbild für mich. Ich stieß sogar Frederik an und sagte laut: »Das wäre ja wohl das Letzte!«

»Findest du?«, fragte Frederik verwundert. Na, der macht sich eben keine Gedanken darüber, wie man sich als Mann zu benehmen hat.

Frau Hansen seufzte. »Hat sonst jemand eine Idee? Vielleicht etwas, das allen Spaß macht?«

Daniels Finger flog in die Höhe. »Wir spielen Fußball!«

Mein Herz setzte für ein paar Schläge aus. Ich beschloss auf der Stelle, mich am Jubiläumstag unserer Schule krank zu melden. Ich und vor Publikum Fußball spielen, lieber würde ich mir mit Absicht ein Bein brechen.

Das Glück oder vielmehr Frau Hansen war auf meiner Seite. »Unsinn. Es geht darum, etwas vorzuführen. Auf der großen Bühne in der Aula. Da können wir doch kein Fußballspiel machen.«

»Wieso denn nicht? Das würde wenigstens Spaß machen.« Daniel war nach wie vor überzeugt von seiner Idee.

»Die großen Vereine spielen im Winter auch Hallenfußball. Da ist das Feld gar nicht so groß«, meinte jetzt auch noch Sebastian. »Das würde schon irgendwie gehen.« Auch wenn er manchmal mein Vorbild ist, diesmal stimmte ich ihm nicht zu.

Frau Hansen hob beide Hände. »Hört auf damit. Es wird kein Fußballspiel geben. Es geht darum, dass jede Klasse etwas aufführen soll. Vielleicht ein kurzes Theaterstück. Was meint ihr?«

Ein missmutiges Murren ging durch die Klasse. Theaterstück. Das bedeutete, seitenweise Text auswendig zu lernen.

Laura meldete sich. »Zum Mitspielen hab ich keine Lust. Ich würde lieber die Schauspieler schminken.« Augenblicklich sah ich mich auf einem Stuhl sitzen. Und Laura, meine angehimmelte Laura stand dahinter und kämmte meine Haare. Beinahe hätte ich vor Wonne laut geseufzt. Leider störte Anja meine Tagträumereien. Sie erklärte, dass sie unter diesen Umständen keine Rolle übernehmen würde. Nie im Leben wollte sie sich ausgerechnet von Laura schminken lassen.

»Ohne Anja spiel ich auch nicht mit«, meinte Vera, Anjas beste Freundin.

»Dann kann ich ja die Hauptrolle übernehmen«, freute sich Britta.

»Meine Güte, Kinder«, seufzte Frau Hansen. »Das ist ja fürchterlich. Ich glaube, es ist am besten, wenn wir ein Lied vortragen.«

Stöhnen.

»Oder hat jemand eine bessere Idee?«

Kopfschütteln.

»Also ein Lied.«

Wieder Stöhnen.

Da klingelte es endlich und wir waren erlöst.

Heute ist übrigens wieder Dienstag. In der fünften und sechsten Stunde stand Sport auf dem Stundenplan. Wie so oft wünschte ich mir sehnlichst ein Gipsbein oder wenigstens ein verstauchtes Handgelenk. Vergeblich. Ich musste mich wie an jedem Dienstag mit den anderen umziehen, musste meine weißen Steckenarme den Mädchenaugen preisgeben.

»Heute wollen wir mal was ganz Neues probieren«, verkündete Herr Deutz. »Zirkeltraining. Hat jemand schon mal davon gehört?«

»Ja, ich!« Sebastian natürlich, wer sonst.

»Dann erklär es den anderen doch mal.«

Stellt euch vor, Sebastian wurde ganz verlegen. Wer hätte das gedacht. »Na ja, es ist nämlich, also, ganz einfach, man muss nur …«, stotterte er herum. »So im Kreis. Und Liegestütze und so …«

Liegestütze??? Hatte Sebastian gerade Liegestütze gesagt? Mein Herz schlug einen doppelten Salto vorwärts.

Inzwischen hatte Herr Deutz wohl eingesehen, dass Sebastian besser turnen als erklären konnte, und machte seine Arbeit wieder selbst. »Also, Kinder. Ein Zirkel ist gewissermaßen ein Kreis. Jeder muss zehn verschiedene

Übungen machen. Die einzelnen Geräte dafür sind kreisförmig in der Halle aufgebaut. Ihr geht zu zweit los. Innerhalb von einer bestimmten Zeit müsst ihr die jeweiligen Übungen so oft wie möglich wiederholen. Einer turnt, der andere zählt die Punkte. Dann wird gewechselt. Anschließend geht ihr zum nächsten Gerät. Bei jeder Übung wird eine bestimmte Muskelgruppe trainiert. Auf geht's!«

Heute war das Glück ganz und gar auf meiner Seite. Ich, ich, Robert Amadeus Ziegler, genannt Robbi, durfte ausgerechnet mit den Liegestützen anfangen. Und Frederik überließ mir großzügig den Vortritt. Zwei Minuten lang Liegestütze. Ich gab mein Letztes. Rauf und runter, rauf und runter, die Luft blieb mir beinahe weg und vor meinen Augen tanzten wieder diese Lichtpunkte, aber ich hörte nicht auf. Am Ende hatte ich vierunddreißig Stück geschafft. Da war ich allerdings so erschöpft, dass ich Frederiks Liegestütze nur noch im Liegen mitzählen konnte. Er schaffte gerade mal zwölf.

»Mensch, wie hast du das gemacht?«, japste er.

Einen Moment lang wollte ich ihm die Sache mit meinem Muskelaufbautraining erzählen, aber dann lächelte ich nur geheimnisvoll.

Klar, bei den anderen Übungen schnitt ich längst nicht so gut ab, höchstens noch beim Hin- und Herspringen über die Holzbank. Irgendwie sind meine Beine neuerdings wohl auch besser in Form. Auch wenn man es ihnen nicht ansieht.

Schade, dass jeder mit seinen eigenen Übungen oder mit Zählen beschäftigt war. Schade, dass Laura meine vierunddreißig Liegestütze nicht gesehen hatte. Oder Hilke. Oder Britta. Oder wenigstens Marie.

Am Ende wurden die Punkte verglichen. Und siehe da, ich war nicht wie sonst einer der Letzten, nein, ich gehörte diesmal ohne Zweifel zum Mittelfeld.

»Vierunddreißig Liegestütze? Ehrlich?«, fragte Herr Deutz nach.

Empört wies ich jeden Schummelverdacht von mir. Und Frederik versicherte, dass er alles mit eigenen Augen gesehen hatte.

»Super, Robbi«, grinste Herr Deutz. Und er schrieb eine Zwei in sein rotes Buch. »Hat jemand mehr Liegestütze als Robbi geschafft? Sebastian vielleicht?«

Doch der schüttelte den Kopf. »Nee, einunddreißig, mehr war nicht drin.« Und dann, und das musste man sich mal vorstellen, hielt er mir seine Hand hin. »Gratuliere. Vierunddreißig Liegestütze in zwei Minuten sind Spitze.«

So komisch es auch klingen mag, der hat das ganz ernst gemeint. Der war weder neidisch noch sauer noch sonst was.

Das war das Gute an dieser Sportstunde. Und jetzt erzähle ich von der großen Enttäuschung. Laura hat meine Superleistung ohne jedes Anzeichen von Begeisterung zur Kenntnis genommen. Sie hat sich einfach weiter mit Hilke unterhalten. Keine Spur von dem gewissen Blick. Britta zog gelangweilt ihre Strümpfe hoch. Kein Mädchen kreischte, keines fiel mir um den Hals, sie taten alle so, als wären vierunddreißig Liegestütze in zwei Minuten nicht der Rede wert. Nur Marie lächelte ganz lieb.

Und dafür hab ich mich tagelang so abgerackert? Für eine läppische Zwei und einen freundlichen Händedruck von Sebastian? Wisst ihr was? Nie wieder Liegestütze!!! Da quält man sich und quält sich und quält sich – und kein Mensch interessiert sich dafür.

Und weil diese Enttäuschung ja noch nicht fürchterlich genug war, erwartete mich zu Hause am Mittagstisch ein freundlich grinsender Theo. Und eine ebenso freundlich grinsende Mutter. So wie es aussah, hatten die beiden sich wieder vertragen. Na wunderbar.

»Hey, Sportsfreund, wie war die Schule?«, wollte Theo wissen.

Damit hat er das Fass zum Überlaufen gebracht. Irgendwie musste ich meinen Frust rauslassen. Sonst wäre ich daran erstickt. Also hab ich »Beschissen!« gebrüllt, meine Schultasche in die Ecke geworfen, bin in mein Zimmer gestampft und hab die Tür hinter mir zugeknallt.

Später hat meine Ma ganz leise die Zimmertür geöffnet. Gerade als ich ganz laut »Nie wieder Liegestütze!« brüllte und kriegerisch meine Faust geschwungen habe. Gegen einen unsichtbaren Gegner, der Theo hieß oder Sebastian oder vielleicht sogar Laura.

Meine Ma war ziemlich verwirrt. »Was redest du da? Robbi, was ist denn?«

Aber glaubt bloß nicht, dass ich geantwortet habe. Vorläufig rede ich kein Wort mehr. Mit niemandem. Über gar nichts. Das war meiner Mutter scheinbar unheimlich. Jedenfalls schaute sie mich sehr besorgt an. So als hätte sie gerade eben entdeckt, dass ich zweiundvierzig Grad Fieber habe. »Wenn du mir was sagen willst, Robbi, wenn irgendetwas in der Schule passiert ist …«, murmelte sie.

Das war jetzt einfach zu viel. »Tu bloß nicht so, als wenn ich dir wichtig bin! Du hast ja deinen blöden Theo! Wenn der jetzt jeden Mittag hier auftaucht, esse ich nicht mehr mit!«

Volltreffer. Meine Ma wurde ganz weiß im Gesicht. »Aber Robbi, wie kannst du so etwas sagen? Was ist denn überhaupt los mit dir?

Tja, das hätte sie wohl gern gewusst. Um es gleich brühwarm ihrem Supertheo zu erzählen. Ich hab aber nichts mehr gesagt. Hab nur Holzbretter an meiner Zimmerdecke gezählt und geschwiegen. Meine Ma hab ich auch nicht mehr angesehen. Sollte sie doch stehen bleiben und gucken. War mir echt einerlei.

Irgendwann ging sie raus aus meinem Zimmer. Im Flur hat sie leise mit Theo geredet und kurz darauf knarrte die Treppe. Theo ist jetzt also weg. Ich bleibe aber trotzdem in meinem Zimmer. Und essen werde ich auch nichts. Obwohl mein Magen ganz laut knurrt.

Ein Traum öffnet mir die Augen

Wenn ich so darüber nachdenke, besteht mein Leben nur noch aus Schule, Liegestützen und Klavierspielen. An meinem Verhältnis zu Laura hat sich nichts geändert. Sie ist immer noch das tollste Mädchen für mich. Meine Vanilleeisprinzessin. An Lauras Verhältnis zu mir hat sich auch nichts verändert. Ich bin für sie praktisch gar nicht vorhanden. Ich fürchte, ich werde noch viele Liegestütze machen müssen, bevor Laura mich bemerkt.

Heute Nacht hatte ich einen seltsamen Traum. Ich, Robert Amadeus Ziegler, habe Fußball gespielt. Zusammen mit Theo. Auf einem riesigen Spielfeld. Komischerweise waren kaum Zuschauer da. Nur Laura, Britta und Marie. Mein Trikot war mindestens fünf Nummern zu groß. Es schlackerte um meinen Körper. Meine Arme und Beine sahen noch dünner aus, als sie in Wirklichkeit sind. Wie Zahnstocher. Echt. Ich war übrigens Mittelstürmer. Ihr wisst schon, das ist derjenige, der die Tore schießen soll. Immer wieder spielte Theo mir den Ball zu. In meinem Traum konnte ich sehr viel besser Fußball spielen als in Wirklichkeit: Ballannahme mit dem Kopf, mit dem ausgestreckten Fuß, alles klappte wie am Schnürchen. Ich trickste meine Gegenspieler aus, bis ich endlich allein vor dem Tor stand. In Schussposition. Doch sosehr ich mich auch anstrengte, ich kriegte das Ding nicht rein. Nicht ein einziges Mal. Der Torwart war zu gut. Kein Wunder. Im Tor stand nämlich kein anderer als Sebastian. Er hielt alle Bälle. Theo war sauer. »Du strengst dich überhaupt nicht an!«, schrie er. Und dann war das Spiel zu Ende und Theo und Sebastian verließen gemeinsam das Fußballfeld.

Der Traum hat mir die Augen geöffnet. Ich sehe es immer noch vor mir, Sebastian und Theo, wie sie Arm in Arm davongehen. Beide groß, beide muskulös und beide schwarzhaarig.

Das ist es nämlich. Warum bin ich nicht längst darauf gekommen? Nicht mein Körper ist verkehrt, sondern meine Haare. Das mit den Liegestützen hätte ich mir sparen können. Wann sehen die Weiber schon mal meine Muskeln? Aber meine Haare, die sehen sie immer, jeden Tag, und meine Haare sind mein größter Fehler. Weil sie blond sind. Frauen stehen voll auf schwarze Haare, auf kurze schwarze Haare. Und ich Depp laufe seit Jahren mit einer Mädchenfrisur durch die Gegend. Auf meinem Kopf kringeln sich lange blonde Locken, weil meine Ma das so gern mag. Nee, Leute, zwei Dinge müssen erledigt werden, je eher, desto besser. Das erste Ding heißt: Haare ab! Und das zweite Ding: Haare schwarz färben! Genau in dieser Reihenfolge.

Ich werde noch vor dem Frühstück mit meiner Ma reden. Sie soll mir einen Friseurtermin besorgen. Am besten gleich heute Nachmittag. Noch lieber wäre es mir natürlich, wenn ich gleich heute früh statt zur Schule zum Friseur gehen könnte. Aber ich kenne meine Ma. Die spielt da nicht mit.

Ich bin ein Junge und das soll jeder sehen

Ich habe sie gefragt. Vor dem Frühstück.

»Du, Ma?«, hab ich gesagt.

Sie schaute mich prüfend an. Wollte wohl wissen, ob ich immer noch sauer war wegen gestern Abend.

Ich fand es eine gute Idee, sie darüber im Unklaren zu lassen. Hab nur ganz cool gesagt: »Kann ich heute zum Friseur?«

Damit hatte sie wohl nicht gerechnet. Sie war richtig verwirrt. »Was willst du? Zum Friseur?«

Ich blieb lässig. »Ich will mal anders aussehen.«

Sie glaubte, verstanden zu haben. »Wenn du jetzt wieder mit diesen einrasierten Buchstaben ankommst, die Antwort lautet NEIN.«

Ich zuckte nur mit den Schultern. Das mit den einrasierten Buchstaben ist nämlich völlig out. »Nee, ich will meine Haare abschneiden lassen. Ganz kurz. Nichts Besonderes.«

Man glaubt es nicht, aber sie schaute richtig erschrocken aus. Und dann fuhr sie mir zärtlich durch die Locken. So wie man es mit Kleinkindern machen darf. Aber nicht mit zehnjährigen Jungen. »Robbilein. Du hast so wunderschöne Haare. Da wird kein Zentimeter geopfert. Wenn du anders aussehen willst, kannst du sie ja zusammenbinden.«

●

Könnt ihr euch mein Entsetzen vorstellen? In welchem Jahrhundert lebt meine Mutter eigentlich? Ich soll einen Pferdeschwanz tragen. Wohl damit ich noch mädchenhafter aussehe. Wie wäre es mit einem karierten Faltenrock und Lackschuhen? Mit aller Entschiedenheit schüttelte ich den Kopf und knirschte: »Nur über meine Leiche.«

»Du, Robbi, wegen gestern … äh, wegen Theo …« Sie bestrich ihr Brötchen mit Marmelade. Und ihre Hände haben gezittert. Ich hab es genau gesehen. Ich glaube, meine neue Wunschfrisur hat sie völlig aus der Fassung gebracht.

»Das war doch nicht dein Ernst, Robbi, nicht wahr? Dass ich dich nicht mehr brauche. Guck mal …« Sie biss herzhaft von dem Brötchen ab. Und dann redete sie mit vollem Mund weiter. Obwohl sich das angeblich nicht gehört. »Du bist mein Kind. Und du bist für mich der wichtigste Mensch auf der Welt. Das musst du mir glauben, Robbi. Aber den Theo, den mag ich auch sehr gern. Er ist ebenfalls ein wichtiger Mensch in meinem Leben geworden. Wenn man erwachsen ist, dann will man sich auch mal mit anderen Erwachsenen unterhalten.«

»Dann ruf doch Tante Petra an. Das hast du sonst auch immer getan.« Das stimmt nämlich. Früher hat sie stundenlang mit ihrer Schwester telefoniert. In den letzten Wochen ist sie vor lauter Theo kaum noch dazugekommen. Möchte mal wissen, ob Tante Petra schon beleidigt ist.

Das Brötchen war inzwischen nur noch halb so groß. »Mit Theo ist es etwas anderes. Ich weiß nicht, wie ich dir das sagen soll. Er ist eben ein Mann. Und ich bin eine Frau. Und … na ja, eben so …«

»Du bist in ihn verknallt!«

Volltreffer. Meine Mutter wurde so rot wie die Erdbeermarmelade auf ihrem Brötchen. Und sie nickte verlegen. »Kannst du das nicht ein bisschen verstehen?«

Klar konnte ich das. Theo hat pechschwarze Haare. Und Muskeln ohne Ende. Auf so einen fallen die Weiber reihenweise rein. Da ist meine Ma keine Ausnahme. »Doch, schon«, versicherte ich.

Erstaunt riss meine Ma die Augen auf. »Echt?«

»Klar!«, sagte ich lässig. »Der läuft ja nicht mit so affigen Locken durch die Gegend wie ich.«

Ich ging dann zur Schule. Wie jeden Tag. Das, was meine Ma beim Frühstück von sich gegeben hat, gab mir sehr zu denken. Passt nur auf, eines Tages kommt dieser Theo mit Sack und Pack an, um ganz bei uns zu wohnen.

In der Schule ging es wieder um die blöde Fünfzig-Jahre-Feier und um das Lied, das wir vortragen sollten.

Von uns war immer noch niemand davon begeistert, das kann ich euch verraten. Ein Lied singen, wir sind doch kein Chor. Frau Hansen tat so, als würde sie nichts davon merken. Aber das Schlimmste kam ja noch. Sie sagte nämlich: »Robbi wird uns auf dem Klavier begleiten. Seine Mutter hat mir erzählt, dass er sehr gut Klavier spielen kann.«

●

Peinlich. Alle Köpfe flogen herum. Ich beschloss, zu Hause meine Mutter zur Rede zu stellen. Was fiel ihr eigentlich ein, anderen Menschen von meiner Klavierspielerei zu erzählen? Das geht hier niemanden etwas an. Am allerwenigsten Sebastian. Der grinste nämlich so, dass man gleich wusste, was er von tastenklimpernden Jungen hielt.

Als ich so unauffällig wie möglich in Lauras Richtung schielte, kicherte die albern mit Britta, ihrer Tischnachbarin, herum. Sie tat, als würde sie auf der Tischplatte Klavier spielen. Laura schien auch nicht viel von musikalischen Jungs zu halten. Keine Spur von dem gewissen Blick. Ich hab es euch ja gesagt, Laura steht auf Muskeln und schwarze Haare.

Falls noch irgendein Zweifel an mir genagt hatte, war er damit gestorben. Eine neue Frisur musste her. Sonst konnte ich mich gleich begraben lassen.

Das Schicksal schenkte mir zwei freie Stunden. Frau Stolte-Meyer war nämlich krank, was mir sehr gelegen kam. Zum einen brauchte ich mich nicht als Schneider betätigen, zum anderen blieb mir genügend Zeit, um meinen Plan in die Tat umzusetzen.

Frau Braun spielt nicht mit

Zu Hause schlich ich die Treppe hoch. Meine Ma sollte nicht mitkriegen, dass ich früher frei hatte. In meinem Zimmer schlachtete ich mein Sparschwein, das eher ein dicker Sparzwerg ist. Ein dicker Zwerg mit einem leeren Bauch. Gerade mal fünf Euro und dreiunddreißig Cent waren darin. Ihr merkt schon, besonders sparsam bin ich nicht. Mein Taschengeld ist immer ruck, zuck ausgegeben. Aber ihr wisst ja selbst, wie teuer das Leben heutzutage ist. Fünf Euro und dreiunddreißig Cent, ob das für den Friseur reichte?

Ich huschte so leise wie möglich auf die Straße und marschierte schnurstracks zum Friseursalon von Frau Braun. Ihr Salon heißt übrigens genau wie sie selbst Marlene.

Dingdingdong machte die Glocke, als ich mit klopfendem Herzen die Tür öffnete. Alle schauten mich an.

»Na, Robbi?«, fragte Frau Braun. »Was soll es denn sein? Die Spitzen schneiden wie immer?«

»Nö.« Weil alle Frauen so neugierig guckten, sprach ich so leise wie möglich. »Ganz was anderes. Ich will meine Haare so kurz haben.« Mit den Fingern zeigte ich einen Zentimeter. Oder einen halben. So genau weiß ich es nicht mehr. »Und dann will ich sie pechschwarz färben lassen. Wenn das für fünf Euro dreiunddreißig geht.«

Frau Braun sah mich ungläubig an. Dann schaute sie in die Runde, als wollte sie im nächsten Moment meine Pläne ganz laut rausposaunen, damit die Frauen unter den Trockenhauben mich auslachen konnten. Aber zu meiner großen Erleichterung entschied sie sich dann doch, nett zu sein.

»Robbi«, flüsterte sie, »für fünf Euro dreiunddreißig kann ich höchstens die Haare schneiden. Aber auf gar keinen Fall färben. Und außerdem habe ich das Gefühl, dass deine Mutter gar nichts von deinen Plänen weiß. Stimmt's?« Sie tippte mir mit einem Finger auf die Brust. »Ich fürchte, deine Mama wird sehr böse mit mir, wenn ich deine Locken abschneide. Weißt du, Robbi, selbst wenn du genug Geld dabeihättest, ich würde mich nicht trauen … aus Angst vor deiner Mama.«

Tja, so schnell können Träume sich in Luft auflösen. Einen Moment lang hätte ich beinahe losgeheult. Vor Enttäuschung. Aber so weit kommt es noch. Dass Robert Amadeus Ziegler vor lauter fremden Frauen losflennt. Nee, ich hab mich zusammengerissen, »schade« gesagt und bin raus auf die Straße. Mit hängendem Kopf bin ich ein paar Schritte gelaufen. An der Bushaltestelle hab ich mich auf die Bank gehockt und Löcher in die Luft gestarrt. Riesengroße Löcher. Ein ganzes Raumschiff hätte da reingepasst.

Und dann fiel mein Blick zufällig auf die Drogerie

Specht. Dort kauft meine Ma immer ihre rote Haarfarbe. Manchmal schickt sie auch mich hin. Vier Euro neunzig kostet so eine Packung. Den Preis kenne ich ganz genau.

Die Türglocke in der Drogerie machte nicht *dingdingdong,* sondern *drrrrr.*

Die Verkäuferin kannte ich nicht mit Namen. Auf jeden Fall färbte sie ihre Haare auch, lilablau. Sah ziemlich bescheuert aus. Aber das hab ich natürlich nicht gesagt. Man weiß ja, was sich gehört.

»Und, was soll's sein, mein Junge?«

»Meine Mutter braucht wieder Haarfarbe. Pechschwarz«, erklärte ich mit fester Stimme.

Die Frau hob ihre rechte Hand, um eine Packung aus dem Regal zu nehmen, dann hielt sie inne. »Sagtest du gerade schwarz?«

Ich nickte.

»Unsinn. Ich kenn dich doch. Du bist der Sohn von Anne Ziegler. Deine Mutter nimmt immer Paprikarot. Du hast dich sicher geirrt.«

Ich schüttelte den Kopf. »Nee, sie hat ganz deutlich schwarz gesagt.«

»Hm. Aber das passt nicht zu ihrer blassen Haut.«

Am liebsten hätte ich gesagt: *Lilablaue Haare passen auch nicht zu Ihrer Haut!* Aber ich sagte stattdessen: »Sie will schwarze Haare und mehr weiß ich auch nicht.«

»Schwarze Haare zu der Haut! Unmöglich.« Die Drogistin wollte sich gar nicht wieder beruhigen. »Wenn sie es sich doch noch anders überlegen sollte, kann sie die Farbe jederzeit umtauschen. Sag ihr das bitte. Und dass Schwarz nicht zu ihrem Typ passt!«

Langsam ging mir die Frau auf die Nerven. »Sie kann ihre Haare ja wohl färben, wie sie will!«, sagte ich. Und das nicht gerade freundlich.

Die Verkäuferin zuckte mit den Schultern. Dann verlangte sie vier Euro neunzig.

Der schwärzeste Tag in meinem Leben

Als ich heimkam, saß Theo wieder am Mittagstisch. Er und meine Ma wirkten ein bisschen verlegen. So als hätten sie ein schlechtes Gewissen.

Aber ich hatte ganz andere Probleme. »Was gibt es?«

»Spaghetti und Tomatensoße.« Meine Mutter stieß Theo heftig in die Seite, sodass seine Gabel mit lautem Klirren auf den Teller fiel. »Los«, zischte sie. Das konnte nichts Gutes heißen.

Und richtig. Theo räusperte sich ein paar Mal, dann legte er los. »Ja, also, Robbi, ich habe in zwei Wochen Geburtstag. Ich werde dreißig. Und ich würde dich gern zu der Feier einladen. Dich und deine Mutter natürlich. Euch beide. Ich möchte euch meinen Eltern vorstellen. Und meiner Schwester …«

»Was haben wir mit deiner Familie zu schaffen? Wollt ihr etwa heiraten?«, fiel mir dazu ein. Und da wurden beide knallrot.

Welch ein Glück für die zwei, dass ich an nichts anderes als an meine neue Frisur denken konnte. Mein Gehirn war sozusagen blockiert. Die Festplatte war voll, konnte nichts mehr aufnehmen. Theos Geburtstag interessierte mich kein bisschen. Ich konnte nur an schwarze Haare denken. »Können wir nicht endlich anfangen? Ich hab Hunger!«

Theo und meine Ma wechselten einen erstaunten Blick. Später nervten sie mich noch mit dieser blöden Feier. Theo hatte einen ganzen Saal gemietet. Und ganz viele Leute eingeladen. Und er hatte ein fantastisches Essen bestellt.

Wie schon gesagt, ich hörte kaum hin. Ich stellte nur eine einzige Frage, nämlich ob das Essen vegetarisch sei. Und als Theo verneinte, grinste ich meine Mutter an. »Okay, ich werde nur Fleisch essen.« Dann wandte sich meine Aufmerksamkeit wieder der Uhr zu. Noch sieben Minuten …

Endlich stand meine Ma auf. »Ich muss runter in den Laden. Schade, nicht? Es war gerade so gemütlich.«

Theo war angeblich auch traurig, dass er wieder in die Redaktion musste. Mensch, der kann echt gut lügen. Aber auch das war mir einerlei. Ich hatte keine Lust auf Ärger mit den beiden. Ich hatte nur Lust auf stoppelkurze pechschwarze Haare.

Kaum dass die beiden auf der Treppe waren, stürzte ich ins Bad. In der Hand hielt ich bereits die große Schere, die normalerweise in der Küchenschublade liegt.

Zuerst hab ich den Teppich aufgerollt. Wegen der Haare, die gleich runterfallen würden. Die wollte ich lieber zusammenfegen als mit dem Staubsauger vom Badezimmerteppich zu saugen. Der Staubsauger ist laut. Das hätte meine Mutter hören können. Und die konnte ich vorläufig nicht gebrauchen.

Ein letztes Mal schaute ich mir den blondgelockten

Jungen im Spiegel an, der wie ein Mädchen aussah. Ich sagte: »Das war's dann wohl«, und setzte ohne zu zögern die Schere an. Ich hielt sie einfach direkt an meine Kopfhaut und schnippelte drauflos. Ich schnitt alles ab, was mir zwischen die Finger kam. Na ja, nicht wirklich alles, die Ohren ließ ich natürlich dran. Ich glaube nicht, dass Laura ohrenlose Jungen toll findet. Ich schnippelte und schnippelte ohne ein einziges Mal aufzusehen. Bald schon lag zu meinen Füßen ein riesiger Berg aus hellblonden Locken. Ein Berg, der immer größer wurde.

Erst als ich nichts mehr zum Abschneiden fand, wagte ich einen Blick in den Spiegel. Und, Leute, ich wäre beinahe vor Schreck umgekippt. Der Junge im Spiegel sah fremd aus, aber keineswegs besser als vorher. Und ganz bestimmt nicht wie einer, in den die Mädchen sich reihenweise verlieben. O nein, er sah blass aus, dünn und mickrig. Wie einer, der nicht genug zu essen bekommt. Oder der an einer schweren Krankheit leidet.

Nicht nervös werden, Robbi, ermahnte ich mich. Das Wichtigste fehlte ja noch. Ihr wisst schon, die schwarze Farbe. Ich bückte mich, griff mit beiden Händen in die Locken und stopfte sie ins Klo. Als ich an der Spülung zog, sah es für einen Moment aus, als würde das Rohr verstopfen, aber schließlich verschwanden die Haare doch. Auf Nimmerwiedersehen. Ich hab dann noch mit Handfeger und Schaufel den Rest zusammengekehrt. Meine Ma reagiert ziemlich empfindlich, wenn der Boden im Bad dreckig ist. In den Spiegel hab ich nicht mehr geschaut.

●

Kaum dass der Boden wieder einigermaßen aussah, habe ich die Haarfarbe aus meiner Schultasche geholt. Zuerst hab ich mich auf den Klodeckel gesetzt und gründlich durchgelesen, was auf dem Extrazettel in der Schachtel stand. Viel war es nicht. Haare färben ist nicht sonderlich kompliziert. Vor allem braucht man zwei Dinge: eine Uhr und ein altes Handtuch. Ich holte mir also den Wecker aus meinem Zimmer und stellte ihn auf die Ablage unter den Spiegel. Alte Handtücher bewahrt meine Ma in der Küche auf. Im Besenschrank. Ich hab mir eines genommen.

So, nun konnte es endlich losgehen. Ich hielt den Kopf unter den Wasserhahn. Ein sonderbares Gefühl, kann ich euch verraten. Man reibt über die Haut und hat überhaupt keine Haare in den Händen. Vergesst nicht, ich bin mein Leben lang mit diesen blonden Mädchenlocken rumgelaufen. Ich rubbelte das Haar trocken, streifte die seltsamen Plastikhandschuhe über, die in der Packung lagen, und öffnete als Letztes die kleine Spraydose. Ein schwarzer Schaumberg quoll mir entgegen. Ich schmierte ihn auf meinen Kopf. Das Ganze wiederholte ich genau neunmal. Bis nichts mehr aus der Spraydose kam.

Jetzt sah der Junge im Spiegel aus, als hätte er einen lilaschwarzen Wuschelkopf. Das Mickrige, Jämmerliche war verschwunden. Irgendwie musste ich an einen Außerirdischen denken. Keine Ahnung, warum. Ich warf die leere Spraydose samt Plastikhandschuhen in den Mülleimer. Jetzt erst kam ich dazu, mich im Bad umzusehen. Leider, das fiel mir auf, hatte ich eine ziemliche Schweinerei veranstaltet. Überall entdeckte ich schwarze Spritzer. Vor allem das Waschbecken und der Boden mussten unbedingt geputzt werden. Aber womit? Der Einfachheit halber angelte ich einen Waschlappen aus dem Regal und wischte damit alle schwarzen Spritzer weg. Jetzt sah das Becken einigermaßen manierlich aus, der Lappen dagegen war total dreckig.

Macht ja nichts, dachte ich noch. Ich drehte fröhlich pfeifend den Wasserhahn auf, um die Farbe auszuspülen. Leider funktionierte das nicht. Diese Haarfarbe hatte es sich im Lappen bequem gemacht. Und sie dachte nicht daran, sich auswaschen zu lassen. Klar, aus den Haaren sollte das Schwarz ja auch nicht so einfach rausgehen. Sonst könnte ich ja nicht mal im Regen nach draußen. Jetzt erst fiel mir auf, dass ich ausgerechnet den hellgelben Lappen erwischt hatte, der zu dem hellgelben Handtuch mit dem aufgenähten Seestern gehörte. Beides hatte meine Ma zu Weihnachten von ihrer Schwester bekommen. Und ihr glaubt ja nicht, wie die sich mit solchen Geschenken anstellte. Mir wurde ganz schlecht vor Schreck. Ermattet ließ ich mich auf den Wannenrand sinken. Um gleich darauf wieder hochzuspringen. Mist, ich hatte gar nicht auf die Uhr gesehen. Seit wann klebte der Schaum auf meinem Kopf?

Keine Ahnung. Ich beschloss, die Zeit von diesem Moment an zu messen. So wichtig kann die Einwirkungszeit nicht sein, dachte ich. Außerdem stand auf dem Zettel, dass man den Schaum länger einwirken lassen soll, wenn man besonders kräftige Farbtöne erzielen möchte. Und genau das war mein Wunsch. Dunkelpechschwarz sollte mein Haar am Ende aussehen. Statt 30 Minuten ließ ich den Schaum eine ganze Stunde auf meinem Kopf.

Ich verbrachte diese Stunde auf dem Rand der Badewanne. Ich träumte einfach so vor mich hin. Von Laura, von wem sonst. Ich stellte mir vor, wie es sein würde, wenn sie mich erst mit dem ganz gewissen Blick ansah. Wenn sie sich nicht mehr für Sebastian interessierte. »Robbi«, würde sie sagen, »warum ist mir bisher nie aufgefallen, dass du tausendmal besser aussiehst als Sebastian?« Bestimmt fiel ihr bei der Gelegenheit auch auf, dass Muskeln völlig unnötig waren.

Als der Wecker piepte, bin ich richtig erschrocken. Ich habe ganz tief Luft geholt, die Brause über der Wanne aufgedreht und meinen Kopf darunter gehalten. Das, was aus meinen Haaren gespült wurde und sich in der Badewanne sammelte, sah ekelhaft aus. Irgend so ein Mittelding aus Schwarz und Lila. Ich spülte und spülte, und immer noch lief die unappetitliche Soße runter. Endlich hatte ich keine Lust mehr. Und überhaupt, weshalb sollte ich die ganze Farbe wieder auswaschen? Immerhin hatte sie fast fünf Euro gekostet. Nein, ich wollte so viel wie möglich davon in meinen Haaren behalten. Ich hab also kurz entschlossen den Wasserhahn zugedreht.

Dann habe ich das Handtuch um meinen Kopf geschlungen und bin ganz langsam auf den Badezimmerspiegel zugegangen. Der Junge mit dem Turban auf dem Kopf sah übrigens witzig aus. Ein bisschen wie Aladin ohne Wunderlampe.

In Gedanken hab ich bis drei gezählt und dann mit einem heftigen Ruck das feuchte Tuch heruntergezogen.

Es fällt mir schwer, weiterzuerzählen. Nur so viel – nie im Leben habe ich einen hässlicheren Jungen gesehen! Stellt euch ein käseweißes Gesicht mit weit aufgerissenen Augen vor und darüber pechschwarze, schief und krumm geschnittene Haare. Je länger ich in den Spiegel starrte, umso mehr sah es aus, als ob der Junge gleich losheulen würde. Meine Beine fühlten sich plötzlich wie Gummi an. Ich wollte nur noch in mein Zimmer gehen. In mein Bett.

Das ist gelogen, so was passiert nicht wirklich. Höchstens in blöden Kinofilmen, die witzig sein sollen, werdet ihr denken. Aber ich kann euch versichern, es ist die reine Wahrheit. Ich muss mich damit abfinden. Ich sehe jetzt so aus. So fürchterlich. Das Schreckliche da auf dem Kopf sind meine eigenen Haare. Was habe ich nur getan?

Theo kann nett sein, aber das hilft mir jetzt auch nicht

Eins will ich gleich klarstellen. Ich habe nicht geheult. Obwohl mir wahrhaftig danach zumute war. Aber Sebastian hätte auch keine Träne vergossen. Da bin ich mir vollkommen sicher. Und Sebastian ist neuerdings ja mein Vorbild. Natürlich darf er nie im Leben etwas davon erfahren.

Um kurz nach sechs flog meine Zimmertür auf.

»Was machst du denn um diese Zeit im Bett? Bist du krank?«, wollte meine Ma wissen. Sie kam näher. Und dann kriegte ihre Stimme diesen kreischigen Tonfall, den sie immer kriegt, wenn sie stinksauer ist. »Robbi! Wie sieht denn die Bettwäsche aus? Was hast du da für schwarzes Zeugs reingeschmiert?«

Mir war zu diesem Zeitpunkt längst alles egal. Meinetwegen hätte sie mir fünf Jahre Fernsehverbot aufbrummen können. Oder zwanzig Jahre Taschengeldsperre. Mein Leben war sowieso zu Ende. Ich beschloss, ihr die Wahrheit nicht länger vorzuenthalten, und krabbelte langsam unter der Bettdecke hervor. Mein Herz klopfte dabei zum Zerspringen.

Die Reaktion meiner Mutter könnt ihr euch sicher in etwa vorstellen. »O nein! Sag, dass das nicht wahr ist!« Sie wankte rückwärts, bis sie sich auf meinen Schreibtischstuhl fallen ließ. »Robbi«, keuchte sie, »bist du völlig wahnsinnig geworden?«

Ich zuckte nur mit den Achseln. Ja, vielleicht war ich völlig wahnsinnig. Wahnsinnig verliebt in Laura. Die mich gar nicht wahrnahm.

»Bist du dir darüber im Klaren, dass du morgen so in die Schule musst? Dass alle dich auslachen werden?«

Ich nickte.

»Theoooo! Theo, komm mal her!«, gellte ein Schrei durch unsere Wohnung.

An einem anderen Tag hätte ich gesagt, dass ihr blöder Muskeltheo draußen bleiben soll. Und dass ihn diese Geschichte nichts angeht. Aber wie schon gesagt, mir war alles egal. Ich schloss einfach die Augen, um Theos schadenfrohes Grinsen nicht sehen zu müssen.

Seine Stimme hörte ich trotzdem. Dass er »O Gott!« sagte. Mehr nicht. Nur »O Gott«. Dann klappte meine Zimmertür. Und als ich vorsichtig meine Augen öffnete, war Theo verschwunden.

Die Wohnungstür schlug zu.

»Wo will er hin?«, flüsterte meine Ma.

Wenn ich in der Lage gewesen wäre, mich zu freuen, hätte ich laut gejubelt. Scheinbar war es mir gelungen, Mamas Theo so zu schocken, dass er fluchtartig das Weite gesucht hatte. Vielleicht für immer. Aber seit ich mich im Spiegel gesehen hatte, herrschte in mir eine große Leere, ein kaltes schwarzes Loch. Robert Amadeus Ziegler hatte sich in den hässlichsten, unglücklichsten Jungen auf der ganzen Welt verwandelt. Nie würde ein Mädchen den einen, gewissen Blick an mich verschwenden. Kein Mädchen, und schon gar nicht Laura. Die würde später Sebastian heiraten.

»Warum hast du das getan?«, krächzte meine Mutter. »Robbi, ich wüsste wirklich gern, warum du das getan hast.«

Ich kniff Mund und Augen zusammen. Ich wollte nichts sagen. Ich wollte nie mehr was sagen. Nie mehr im Leben. Dann brauchte ich auch nicht zur Schule.

»Steh auf«, sagte meine Mutter böse. »Ich will dein Bett abziehen. Obwohl ich nicht glaube, dass die Flecken jemals wieder rausgehen.«

In diesem Moment ging unsere Wohnungstür. Theo kam zurück. Und ob ihr es glaubt oder nicht, er hielt ein Geschenk für mich in der Hand, ein kleines, knallrotes Geschenk. Ohne zu zögern drückte er mir das Rote auf den Kopf. Es war eine Baseballkappe.

»Ich an deiner Stelle würde die Tag und Nacht aufbehalten. Bis dein Haar wieder normal aussieht.«

Mehr hat Theo nicht gesagt. Schadenfroh gegrinst hat er auch nicht. Wisst ihr was? Ich fand ihn zum ersten Mal nett.

Alle behandeln mich wie ein rohes Ei

Meine Ma hat gestern Abend noch mit Frau Hansen telefoniert. Wegen meiner Frisur. Die beiden haben abgemacht, dass ich unter allen Umständen die Mütze aufbehalten soll. Damit die anderen sich nicht über mich lustig machen.

Haben sie natürlich trotzdem getan. Kaum dass ich im Klassenzimmer stand, wollte Lars mir die Baseballkappe vom Kopf reißen. Ich hielt dagegen. Keine Ahnung wie, aber ich schaffte es, Lars Hände festzuhalten. Dabei ist Lars eigentlich viel stärker als ich.

»Lass mich gefälligst in Ruhe. Ich will ab heute die Mütze tragen und damit basta«, hab ich gebrüllt. Und dann hab ich mich auf meinen Platz gesetzt und düster vor mich hingestarrt.

Lars hat sich getrollt. Hat wohl eingesehen, dass die Mütze mir wichtig war. Dann kam auch schon Frau Hansen und der Unterricht begann.

Sie hat sich ein Lied für die Schulfeier ausgedacht. Die Melodie kennt ihr alle. Sie gehört zu dem Lied *Alle Vögel sind schon da*. Den Text hat Frau Hansen selbst gedichtet.

Unsre Schule, die wird heut
fühühünfzig Jahre.

●

Ja, da freun sich alle Leut
hier in diesem Saale.
Alle Leute groß und klein
sollen heute fröhlich sein.
Unsre Schule, die wird heut
fühühünfzig Jahre.

Bestimmt ist euch auch aufgefallen, dass Jahre und Saale sich überhaupt nicht reimt. Ganz schön schwach für eine Deutschlehrerin, oder? Bei dem Text war ich jedenfalls froh, dass ich Klavier spielte und nicht mitsingen musste.

Frau Hansen überreichte mir feierlich die Noten. »Hier, Robbi, das kannst du zu Hause üben.« Über meine Baseballkappe verlor sie kein Wort.

Ich nickte. Die Noten sind übrigens so was von einfach, dass ich bestimmt nicht extra üben muss. Aber ich habe das für mich behalten, weil ich nicht als Angeber dastehen wollte.

In der großen Pause kam Lars wieder an. Er ärgerte sich wohl, dass er es nicht geschafft hatte, mir die Mütze vom Kopf zu ziehen. Und dann wurde er richtig gemein. »Ich weiß, warum du das Ding trägst. Weil du Läuse hast. Deshalb mussten deine Locken runter. Kannst es ruhig zugeben.« Lars brüllte so laut, dass der ganze Schulhof mithören konnte. Alle schauten mich an.

Sogar Laura, die sich sonst nie für mich interessiert, starrte neugierig herüber. Und Sebastian vergaß, von seinem Pausenbrot abzubeißen.

Ich ballte meine Fäuste. »Sag das nicht noch mal. Ich hab keine Läuse.«

Lars grinste. »Was soll ich nicht noch mal sagen? Dass du Läuse hast? Mensch, Robbi, das ist doch sonnenklar. Die mussten dir wegen der Viecher alle Locken abrasieren, stimmt's? Und jetzt trägst du eine Mütze. Damit wir deine Glatze nicht sehen können.«

Ohne darüber nachzudenken hab ich die Baseballkappe von meinem Kopf gerissen. »Da, guck! Ich hab keine Glatze, du Spinner!«

Auf einmal war es mucksmäuschenstill auf dem Schulhof. Nicht einmal die Mädchen, die sonst nie ihren Mund halten können, sagten etwas. Alle starrten mit offenen Mündern auf meinen Kopf.

Lars brachte nur ein atemloses »Oh!« zustande.

Und Sebastian stammelte: »Wahnsinn! Das … das ist ja … das hätte ich mich nie getraut.«

Laura, ich mag es kaum erzählen, sah mich mitleidig an. »Robbi, wie konntest du nur?«, fragte sie kopfschüttelnd. »Du hattest doch so schöne Haare!«

Ich hatte schöne Haare???, hätte ich am liebsten gebrüllt. *Und warum hast du mir das nie gesagt? Warum schaust du durch mich hindurch?* Aber ich sagte nichts. Natürlich nicht. Als Laura schon längst wieder mit den anderen Mädchen quatschte, hallten ihre Worte immer noch durch meinen Kopf. *Du hattest doch so schöne Haare, schöne Haare …*

Irgendwann war der Unterricht zu Ende. Ich durfte

nach Hause. In mein Zimmer, wo mich niemand sehen kann. In mein warmes Bett.

Meine Ma und Theo tun so, als gäbe es nichts Besonderes. Die Baseballkappe übersehen sie einfach. Und dass die schwarze Tönung nicht aus der Bettwäsche rausgegangen ist, wird auch mit keinem Wort erwähnt. Dabei hab ich die fleckigen Bezüge auf der Leine gesehen. Ich glaube, man kann nur noch Putzlappen daraus schneiden. Auf jeden Fall fühle ich mich wie ein Schwerkranker, dem man aus Mitleid jeden Wunsch erfüllt.

Meine Ma hat heute Brokkolisuppe gekocht. Mein Leibgericht. Und als ich die Noten für das Jubiläumslied auf den Tisch gelegt habe, hat sie vor Begeisterung in die Hände geklatscht und gejuchzt: »Das musst du uns unbedingt vorspielen, nicht, Theo?«

Und Theo hat genickt, als könnte er sich nichts Schöneres auf der Welt vorstellen.

Ich war echt froh, als die beiden wieder zur Arbeit mussten. So viel Rücksichtnahme kann kein Mensch ertragen, glaubt es mir.

Kurze Zeit später ist etwas Merkwürdiges passiert. Um Viertel nach drei klingelte es. Ich hatte nicht die geringste Ahnung, wer um diese Zeit zu Besuch kommen könnte. Außerdem hatte ich überhaupt keine Lust auf Besuch. Gott, wenn meine Oma mich so sehen würde. Die könnte vor Schreck glatt einen Herzinfarkt bekommen. Der geheimnisvolle Besucher klingelte ein zweites Mal. Also blieb mir nichts anderes übrig als die Tür zu öffnen.

Schon auf der Treppe sah ich, dass ein Kind geklingelt hatte. Ein Mädchen. Ich dachte natürlich sofort an Laura.

Ihr ahnt schon, ein Wunschtraum, der sich selbstverständlich nicht erfüllte. Marie stand vor der Tür. Sie lächelte, sagte leise Hallo und dann schaute sie auf ihre Schuhspitzen.

Was blieb mir anderes übrig als ebenfalls »Hallo« zu sagen und dann noch: »Komm rein.«

Oben in meinem Zimmer fiel mir nichts mehr ein.

Marie auch nicht. Sie lächelte nur. Marie ist ziemlich schüchtern. Wenn sie mit Laura und Britta auf dem Schulhof steht, reden immer die anderen beiden.

»Wolltest du mich … besuchen?«, fragte ich schließlich. Weil die Stille mir so peinlich war.

Marie nickte.

Ich räusperte mich und sagte schließlich: »Ja, das ist also mein Zimmer.«

Jetzt sagte sie doch etwas: »Schön.«

»Ein bisschen sehr klein.«

»Meins ist noch kleiner.«

Wir setzten uns auf mein Bett und schwiegen. Nach einer Weile meinte Marie, dass sie wieder losmüsse. Ich war richtig erleichtert.

In der Haustür drehte Marie sich noch einmal um. »Ich hätte auch gern andere Haare. Ganz kurze. So wie Hilke. Aber meine Eltern erlauben es nicht.« Dann stieg sie auf ihr Fahrrad.

Marie trägt ihr Haar meistens zu einem dicken Zopf geflochten. Beim besten Willen kann ich nicht verstehen, weshalb sie plötzlich wie Hilke aussehen will. Das passt doch gar nicht zu ihr.

Ich versteh mich nur mit Männern

Heute früh hab ich Marie am Fahrradständer abgepasst.

»Lass dir bloß nicht deine schönen Haare abschneiden!«, hab ich gesagt. Ganz leise, sodass nur sie und ich es hören konnten. Und dann bin ich schnell Richtung Klassenzimmer gelaufen.

In der vierten Stunde haben wir wieder das Lied geübt. Das von den fühühünfzig Jahren. Ich brauchte zum Glück nur am Klavier sitzen. Und die Melodie, die Frau Hansen ausgesucht hat, ihr wisst schon »Alle Vögel sind schon da«, ist so leicht, dass ich mich nicht mal anstrengen musste.

Die anderen standen im Halbkreis um das Klavier herum. Frau Hansen dirigierte.

Jedes Mal, wenn ich hochsah, schaute Marie mich an. Einmal hab ich mich vor Schreck sogar verspielt. Trotzdem hat Frau Hansen mich am Ende über alle Maßen gelobt. Zu den anderen hat sie gesagt: »Ihr müsst aber noch sehr viel lauter singen. Sonst kann ja niemand den Text verstehen.«

Ich persönlich fände das nicht so schlimm. Die Leute brauchen ja nicht unbedingt zu merken, dass Jahre und Saale sich nicht reimt.

Auf dem Weg in den Schulhof lief plötzlich Sebastian

neben mir. »Du hast es gut. Du brauchst nicht den blöden Text auswendig lernen.«

Ich meinte darauf, dass ich dafür die Noten können musste.

»Stimmt. Daran hab ich gar nicht gedacht. Ist Klavier spielen schwer?«

Ganz ehrlich, darüber habe ich mir noch nie Gedanken gemacht. »Na ja, man muss schon viel üben«, fiel mir ein. »Aber das ist nicht weiter schlimm, weil es Spaß macht.«

Sebastian nickte. »Wie Fußball spielen. Wenn man nicht trainiert, kriegt man auf dem Feld nichts zustande. Hm. Aber Spaß macht es auch. Und wie.«

»Ich finde Fußball spielen viel interessanter als Klavier spielen«, sagte da jemand. Laura war uns scheinbar die ganze Zeit gefolgt. Sie strahlte Sebastian an.

Ich an seiner Stelle wäre vor Glück in Ohnmacht gefallen. Sebastian zuckte nur mit den Achseln. »Wieso? Das muss doch jeder selbst wissen. Ich finde, dass Robbi gut spielt. Vielleicht wird er später mal berühmt. Und dann können wir sagen, dass wir mit ihm zusammen zur Schule gegangen sind.«

»Quatsch«, kicherte Laura. »Da glaub ich schon eher, dass du mal in die Fußballnationalmannschaft kommst.«

Diese Vorstellung schien Sebastian zu gefallen. Er wurde sogar ein wenig rot. »Wer weiß …« Dann strahlte er, als ob es bereits so weit wäre.

Laura strahlte auch.

Ich stand wie ein Depp daneben. Nach Strahlen war mir nicht zumute.

Mittags war Theo wieder da. Er saß aber nicht am Tisch. Nein, er stand am Herd und hantierte mit der großen Pfanne. »Hallo, Sportsfreund. Nimm schon mal Platz. Heute kocht der Chef persönlich. Pfannkuchen mit Zucker und Zimt. Deine Mutter sagt, dass du das magst.«

Scheinbar gibt es nichts mehr in meinem Leben, dass Theo nicht weiß. Jetzt kennt er sogar schon meine Lieblingsspeisen.

»Du, Robbilein«, sagte meine Ma später. »Was hältst du davon, wenn du auf Theos dreißigstem Geburtstag ein oder zwei Stücke auf dem Klavier spielst?«

Schwer zu sagen, wen sie mit ihrem Vorschlag mehr erschreckt hat, Theo oder mich. Auf jeden Fall haben wir uns beide gleichzeitig verschluckt. Und dann brach eine schlimme Wetthusterei aus.

»Nie im Leben«, brachte ich schließlich hervor. »Ich will mich doch nicht lächerlich machen. Klavier spielen ist was für Weiber. Ich hör sowieso damit auf. Das wollte ich dir schon lange sagen.«

Jetzt war meine Mutter mit Verschlucken und Husten dran. »Du willst was?«, jammerte sie endlich. »Frau Herzbach sagt, dass du besonders begabt bist. Damit hört man nicht so einfach auf. Robbi, was ist denn los mit dir?« Ob die Tränen, die sie sich aus den Augen wischte, vom Husten oder vom Erschrecken kamen, weiß ich nicht. In diesem Augenblick war es mir auch egal. Jetzt, da ich endlich die Wahrheit gesagt hatte, fühlte ich mich um Klassen besser. »Ich will nicht mehr auf dem Klavier klimpern, basta. Wieso hast du Frau Hansen überhaupt verraten, dass ich zum Klavierunterricht gehe? Meinst du, es macht mir Spaß, bei dem Schuljubiläum vorzuspielen? Die anderen lachen sich doch schlapp über mich. Für die bin ich ein lächerliches Muttersöhnchen!« Ich war so richtig in Fahrt. All die Dinge, die mir schon so lange auf der Seele lagen, konnten endlich ausgesprochen werden. »Was mit mir los ist, willst du wissen?«, hab ich gebrüllt. »Ganz einfach. Ich bin ein Junge. Ein J U N G E, kapiert? Und Jungen haben keine langen Locken. Sie lesen keine Bücher! Und sie spielen auch nicht Klavier! Das ist los!«

Meine Ma sah aus, als ob sie jeden Moment losheulen wollte. »Ach so«, flüsterte sie. »Jetzt wird mir einiges klar. Darum hast du dich so verunstaltet. Darum hast du mich neulich gefragt …« Sie brach ab. »Oh, Robbi.«

Eines muss man Theo lassen. Er hat sich die ganze Zeit nicht eingemischt. Hat nur von einem zum anderen geschaut und manchmal genickt. Einmal sagte er leise: »Ich kann den Robbi gut verstehen. Auf so 'ner Feier was vorzuspielen. Das ist irgendwie affig. Stimmt's, Sportsfreund?«

Ausnahmsweise verzieh ich ihm den Sportsfreund. Weil affig, das war genau das richtige Wort.

Meine Mutter seufzte. »Gut. Auf der Feier brauchst du

nicht spielen, wenn du es nicht willst. Aber ganz mit dem Unterricht aufhören? Damit bin ich eigentlich nicht einverstanden.«

»Wenn ich weitermache, dann nur heimlich. Ich spiele nicht mehr in der Öffentlichkeit. Oder höchstens noch das eine Mal. Bei dem Schuljubiläum.« Ich angelte mir einen Pfannkuchen von dem großen Teller. Auf einmal hatte ich einen wahnsinnigen Hunger. »Ach ja, noch was, heute Nachmittag will ich zum Friseur. Gleich nach der Klavierstunde.«

»Schon wieder eine neue Frisur?«, lachte Theo.

»Neu schon. Aber keine Frisur. Ich will mir alles abrasieren lassen!«

Das wiederum löste einen erneuten Hustenanfall bei meiner Ma aus. »Wie bitte? Eine Glatze? In diesen Zeiten? Das erlaube ich nicht.«

»Sieht das hier vielleicht besser aus als 'ne Glatze?« Wütend riss ich die Baseballkappe runter und fuhr mit der Hand durch die ungleichmäßigen pechschwarzen Lockenreste.

»Er hat Recht«, sagte Theo. »Das muss alles runter.« Er zwinkerte meiner Mutter zu. »Anne, das wächst alles wieder nach. In vier Wochen sieht unser Sportsfreund wieder ganz annehmbar aus.«

»Sag nicht immer Sportsfreund zu mir. Das kann ich nicht leiden. Schließlich bin ich so was wie ein Sport-Hasser. Und bei der Gelegenheit wollte ich noch sagen, dass es mir keinen Spaß macht, Fußballspiele anzugucken.« So, jetzt hatte ich endgültig alles gesagt, was ich längst hätte sagen sollen.

Theo schüttelte ungläubig den Kopf. »Du interessierst dich nicht für Fußball? Echt? Und warum bist du dann mitgegangen?«

»Aus Höflichkeit«, erklärte ich würdevoll. Und ich kam mir ganz schön blöd dabei vor.

Die fürchterlichste Klavierstunde meines Lebens

Scheinbar hat meine Ma vergessen, bei Fräulein Herzbach anzurufen. Die wusste jedenfalls von nichts. Als ich mit meiner roten Baseballkappe ankam, sagte sie streng: »Nimm die Mütze ab, Robert. Was fällt dir ein? Hast du denn gar keine Manieren?«

Ohne nachzudenken riss ich die Kopfbedeckung herunter. Wie schon gesagt, Fräulein Herzbach kann sehr streng sein.

Sie schnappte nach Luft, griff sich ans Herz (glaube ich jedenfalls) und dann keuchte sie: »Setz die Mütze wieder auf, Junge. Was hast du dir um Himmels willen dabei gedacht?«

Hilflos zuckte ich mit den Achseln. Die Wahrheit konnte ich wohl schlecht sagen. Nämlich dass ich mir mehr Erfolg bei den Mädchen erhofft hatte. Oder vielmehr bei einem ganz bestimmten Exemplar dieser Sorte. So murmelte ich was von anders aussehen wollen.

»Ich bin entsetzt, Robert.« Böse war sie auch. Jedenfalls konnte ich ihr in dieser Stunde nichts recht machen. Irgendwas störte sie immer. Mal spielte ich zu laut, dann zu schnell, am Ende ließ sie mich zehn Minuten lang Tonleitern üben. Rauf und runter. Angeblich wären meine Finger steif. Und ich wäre mit den Gedanken wohl ganz woanders. Ich glaube, es war die fürchterlichste Klavierstunde meines Lebens.

Anschließend radelte ich zum Friseur. Und ich kann euch verraten, es wurde mucksmäuschenstill im Salon Marlene, als ich meine Baseballkappe herunternahm. Man hätte Flöhe husten hören können. Oder Läuse, die passen besser in einen Friseursalon. Frau Braun, die Chefin, schnappte bei meinem Anblick nach Luft.

»Robbi. Das sieht ja entsetzlich aus. Hast du …« Sie zögerte einen Moment. »Warst du das selbst?«

Ich nickte.

»Etwa weil ich dir neulich nicht die Haare schneiden wollte?«

Das konnte ich nur bestätigen.

Marlene Braun errötete sanft. Sie ließ ihre Fingerspitzen über meine Haare gleiten. »Jetzt hab ich ein ganz schlechtes Gewissen. Deine Mutter war sicher sehr böse, was?«

Ich zuckte mit den Achseln. »Ging so.«

»Setz dich auf den Stuhl.« Marlene Brauns Finger fuhren wieder über meinen Kopf. »Und was soll ich jetzt daraus machen?«

»Nichts«, erklärte ich geradeheraus. »Alles soll ab. Glatze. Und meine Mutter weiß diesmal Bescheid.«

»Hm. Ich fürchte, da bleibt uns auch gar nichts anderes übrig. Aus diesen jämmerlichen Resten lässt sich beim besten Willen keine Frisur zaubern. Und die schwarze Farbe müssen wir ja auch loswerden.«

Sie holte einen großen Rasierer. Mein Opa hat so einen ähnlichen. Er trimmt damit Joschi, seinen Airdale-Terrier. Mit einem tiefen Brummen fuhr die Maschine über meine Kopfhaut. Es fühlte sich witzig an. Die Augen habe ich diesmal nicht geschlossen. Ich bin inzwischen ja abgehärtet. Und ob die Glatze schlimmer aussieht als die verschnittenen schwarzen Haare, kann ich auch nicht sagen. Auf jeden Fall weiß ich eines: Zu Robert Amadeus Ziegler passen am besten blonde Locken. Basta.

Meine Ma findet das auch. Sie hat bei meinem Anblick aufgeschluchzt und »Oh, Robbi« gemurmelt. Und dann ist sie in ihrem Schlafzimmer verschwunden. Ich kann aber nicht sagen, ob sie mir Leid tut. Schließlich braucht sie ja nicht als Kahlkopf herumzulaufen. Wenn meine Ma sich eine völlig unmögliche Frisur zulegen würde, würde ich jedenfalls nicht losflennen. Ich würde mich höchstens weigern, mit ihr auf die Straße zu gehen. Mütter sind komisch. Mal schauen, was die am Montag in der Schule sagen.

Sebastian kennt sich aus mit Frauen

Wenn ich euch erzähle, was heute Morgen in der Schule passiert ist, werdet ihr es nicht glauben. Ich jedenfalls war völlig verwirrt. Aber ich will vorn anfangen:

Ich ging also zur Schule. Mit Glatze. Und mein Herz hat ganz schön laut geklopft. Aber niemand hat was gesagt. Nur Sebastian. »Mensch, du bist aber mutig.« Und der hat das völlig ehrlich gemeint. Echt.

Als wir das Fünfzig-Jahre-Jubiläumslied geübt haben, hat Lars mit den Fingern in der Luft gezuckt, als würde er Klavier spielen. Sebastian hat ihn in die Seite gestoßen und »Lass das!« gesagt. Und dann hat er gemeint, Lars wäre ja nur neidisch.

In der großen Pause hat Sebastian dann gefragt, ob ich jetzt für immer eine Glatze tragen will.

Ich hab natürlich den Kopf geschüttelt. »Bloß nicht. Nee, ich lass meine Haare wieder wachsen. Und schwarz färbe ich sie auch nie wieder.«

Sebastian nickte. »Sah auch nicht so toll aus. Oder bist du sauer, wenn ich meine ehrliche Meinung sage?«

Sauer war ich ganz bestimmt nicht. Eher überrascht, dass Sebastian sich mit einem wie mir abgab. Ich schüttelte den Kopf. »Nöö. Ist doch die Wahrheit. Meine Mutter hat geheult, als sie mich gesehen hat.«

»Meine hätte nicht geheult, die hätte mir hundert Jahre Stubenarrest aufgebrummt«, grinste Sebastian. Und dann haben wir beide gelacht. Einfach so. Als wären wir echte Freunde.

Und dann stand plötzlich Laura da. Sie starrte auf meinen nackten Kopf und sagte: »Jetzt siehst du noch schlimmer aus als vorher.«

Von einer Sekunde zur anderen fühlte ich mich mies. Zum Lachen war mir nicht mehr zumute. Eher zum Heulen. Eine Antwort fiel mir auch nicht ein. Dafür Sebastian. »Und?«, fragte er unfreundlich. »Hat jemand nach deiner Meinung gefragt? Deine Hose find ich auch total bescheuert. Damit würde ich nicht mal zum Karneval gehen.«

Laura schluckte. Sie schaute auf ihre Hose, eine Jeans mit aufgestickten Rosen. Und dann schlich sie mit gesenktem Kopf davon.

Sebastian grinste mich an. »Die ist weg. Blöde Ziege.«

Ich wusste gar nicht, was ich sagen sollte. Hab nur rumgestammelt: »Laura ist doch, ist doch einfach …« *Wunderschön* hab ich nicht mehr rausgekriegt.

Aber Sebastian hat wohl trotzdem kapiert, was los war. »Die findest du gut? Laura?«

Sagen brauchte ich nichts. Weil ich von einem Moment zum anderen so rot wie eine Tomate leuchtete. Peinlich.

Sebastian sah mich völlig verständnislos an. »Warum? Was ist an der so besonders?«

Das konnte oder vielmehr wollte ich ihm nicht verraten. »Sie schwärmt für dich. Und wie«, rutschte es mir heraus.

Komisch. Ich würde sonst was dafür geben, dass Laura mich mit ihrem gewissen Blick anstarrte. Und Sebastian war es schnurzegal. Er zuckte nur mit den Schultern. »Pah. Interessiert mich nicht. Und du solltest dich auch nicht für Mädchen interessieren. Das lohnt sich nicht.«

Um mir keine weitere Blöße zu geben, sagte ich: »Vielleicht hast du Recht. Weiber sind blöd.« Aber das war nicht ehrlich gemeint.

Einer wie Sebastian hat gut reden. Dem laufen die Mädchen gleich reihenweise hinterher. Und mit einer hässlichen Glatze braucht er auch nicht durch die Gegend zu rennen. Nee, Sebastian kann sich einfach die aussuchen, die ihm am besten gefällt. Und ich an seiner Stelle hätte mich für Laura entschieden, für meine Vanilleeisprinzessin. Aber das wisst ihr ja längst.

Laura wirkte für den Rest des Schultags ziemlich niedergeschlagen. Leid tat sie mir aber nicht. Sie ist schließlich schuld daran, dass ich mich seit Wochen mies fühle. Auch wenn sie gar nichts davon weiß.

Wisst ihr was? Ich frage mich die ganze Zeit, ob ich mich künftig wie Sebastian benehmen soll. Wenn ich Laura künftig wie Luft behandele, ob sie sich dann ändert? Ich glaube, ich werde es versuchen. Gleich morgen Früh. Hm, der Sebastian ist gar nicht so blöd. Auch wenn er nicht weiß, wie man Straßenkreuzung schreibt, von Weibern versteht er 'ne ganze Menge.

Marie rettet mich

Seit gestern ist meine Ma für mich praktisch gestorben. Das könnt ihr mir glauben. Ich könnte schreien, wenn ich nur daran denke. Aber ich will die Geschichte ihres grenzenlosen Verrats von vorn erzählen.

Also. Alles war wie immer. Wir beide, meine Ma und ich, saßen am Tisch und aßen. Ich hab euch schon erzählt, dass wir Vegetarier sind. Es gab also Kartoffeln und Kohlrabi in weißer Soße. Sonst nichts. Kohlrabi gehört nicht gerade zu meinem Lieblingsgemüse. Ich kaute also schweigend. Wir hatten ungefähr die Hälfte unserer Mittagsmahlzeit vertilgt, als es klingelte.

»Theo«, sagte meine Ma sofort. Nicht so, wie sie »der Briefträger« sagen würde. Nein, ihre Stimme jauchzte richtig auf, als würde der liebe Gott persönlich vor der Tür stehen.

Nun, sie hatte natürlich Recht, ihr über alles geliebter Muskeltheo stand vor der Tür. Und meine Laune, die kohlrabibedingt ohnehin nicht die beste war, sackte unter den Nullpunkt.

Neuerdings nennt Theo mich ja nicht mehr Sportsfreund, das hat er sich echt gemerkt. Er sagt jetzt Robbi zu mir. Falls er überhaupt mal mit mir redet. Gewöhnlich kümmert er sich ja nur um meine Ma. Und sie sich um ihn. Kurz gesagt, wenn die beiden zusammen sind, bin ich so überflüssig wie eine zweite Nase.

So auch gestern Mittag. Theo pflanzte sich an den Tisch, stützte beide Ellbogen auf (ich darf das nicht, weil das ungehobelt aussieht!), er angelte mit seinen Fingern ein Stück Kohlrabi aus der Soße und stopfte es in seinen Mund. Und dann mümmelte er noch undeutlich: »Lecker, Schatz!«

Das hätte ich mir mal erlauben sollen. Mit den Fingern im Essen rumrühren.

»Soll ich dir einen Teller holen?«, säuselte meine Mutter in ihrem Verliebte-Frau-Tonfall.

Theo schüttelte den Kopf und erklärte, dass er bereits gegessen habe. Eine Bratwurst mit Kartoffelsalat.

Blödmann, dachte ich noch. *Hast du vergessen, dass deine Herzallerliebste strenge Vegetarierin ist?* Nun kam das Schlimmste. Nicht nur er, nein auch sie selbst hatte es anscheinend vollkommen vergessen. Sie lächelte selig.

Ich beschloss, meine Mutter an ihren Auftrag zu erinnern. Ihr wisst schon, den Auftrag, Wurst und Fleisch und alle menschlichen Ungeheuer, die diese verbotenen Sachen essen, aus unserer Küche fern zu halten. »Wir sind Vegetarier.«

»Wir schon, Robbilein. Aber Theo doch nicht.« Meine Ma strahlte wie ein Weihnachtsengel. »Weißt du, mein Schatz, das muss jeder selbst entscheiden. Der Theo kann essen, was er mag.«

Und das, liebe Leute, werde ich ihr nie verzeihen. Jeder muss selbst wissen, was er mag. Aha. Und warum gilt das nicht für mich? Warum muss ich meine Hamburger heimlich von meinem Taschengeld kaufen? Ich war vielleicht sauer. Ich hab den Teller mit den Kohlrabi zur Tischmitte geschoben und bin aufgestanden.

»Klasse. Hört sich echt gut an. Dann werde ich jetzt mein letztes Taschengeld zusammenkratzen und mir am Imbiss eine Bratwurst kaufen. Ich möchte nämlich auch mal essen, was ich mag. Und deine Kohlrabi schmecken ekelhaft. Und weißt du was? Wenn ich erwachsen bin, dulde ich kein Obst oder Gemüse in meiner Küche. Bei mir gibt es später nur Fleisch! Von morgens bis abends nur Fleisch!« Ich hätte vor Wut am liebsten den restlichen Kohlrabi aus dem Fenster geworfen.

Theo hat gelacht. Echt. Dem sind die Tränen über die Wangen gekullert. Das hat mich so wütend gemacht, dass ich »Und noch was – ich trete ab jetzt in Hungerstreik!« gebrüllt habe. Ist doch wahr. Mir gönnt sie nichts und Theo darf alles!!!

Auf jeden Fall habe ich gestern kein Abendbrot gegessen. Und heute kein Frühstück. Ihr wisst schon, der Hungerstreik. Leicht ist mir das nicht gefallen. Mein Magen hat wie ein wütender Bär geknurrt. So laut, dass meine Ma es gehört hat.

»Willst du nicht wenigstens ein halbes Brötchen essen? Mit Honig?«, hat sie mich gefragt.

Aber ich bin eisern geblieben. Sebastian hätte auch nicht nachgegeben. Wir sind Männer und keine Waschlappen.

In den ersten beiden Stunden war mir ganz schummrig vor Hunger. Ich habe ganz krumm gesessen, damit mein Magen nicht so laut knurrt. Einmal ist es trotzdem passiert. Alle haben natürlich gelacht. Und ich hab mich mal wieder in eine Leuchttomate verwandelt.

Dann hat es zur Pause geklingelt. Jeder hat sein Frühstück rausgeholt – nur ich nicht. Da hab ich die Sache mit dem Hungerstreik echt bereut. Was hab ich mir nur dabei gedacht? Und wie soll es weitergehen? Ich kann wohl schlecht heute Mittag in die Küche spazieren und sagen, dass ich es mir wieder anders überlegt hätte. Und fragen, ob noch Kohlrabi da wären. Weil, unter uns gesagt, für einen Teller Kohlrabi hätte ich mittlerweile sonst was gegeben. Aber es hilft alles nichts, ein paar Tage muss ich einfach durchhalten. Sebastian würde auch nicht nachgeben, redete ich mir ein. Aber ich konnte mir selbst nicht so recht glauben. Sebastian, flüsterte meine innere Stimme mir zu, hätte so einen Unsinn gar nicht erst angefangen.

Auf jeden Fall fühlten meine Beine sich ganz wacklig an. So als würden meine wenigen Muskeln sich nach und nach in Luft auflösen. Ein schreckliches Gefühl. Was sollte bloß aus mir werden? In ein wandelndes Skelett würde meine Vanilleeisprinzessin sich bestimmt nicht verlieben.

Auf einmal stand Marie neben mir. Sie hielt ein Schwarzbrot mit Käse in der Hand. Eigentlich stehe ich ja nicht so auf Schwarzbrot, aber in diesem Moment erwog ich ernsthaft, ihr das Brot aus der Hand zu reißen und es auf einmal in meinen Mund zu stopfen. So schnell, dass sie gar nichts dagegen unternehmen konnte. Mein Magen feuerte mich mit wütenden Geräuschen an. Ich beherrschte mich mit größter Anstrengung, es gelang mir allerdings nicht, meinen Blick von dem Brot abzuwenden.

Ich frage mich, ob Marie Gedanken lesen kann. Jedenfalls fragte sie leise: »Hast du dein Schulbrot vergessen? Du kannst die Hälfte abhaben.« Und dann brach sie ihr Brot durch und gab mir die größere Hälfte.

Keine Ahnung, wie Sebastian reagiert hätte. Ich nahm das Brot dankbar an. Und ich glaube, es war das leckerste Brot, das ich in meinem ganzen bisherigen Leben gegessen habe

Marie ist wirklich lieb. Schade, dass ich schon in Laura verliebt bin.

Die Sportstunde war übrigens mal wieder eine Katastrophe. Wir haben Brennball gespielt. Und wer saß beim Wählen der Mannschaften bis zum Schluss auf der Bank? Richtig, Robbi Ziegler. Aber das war ja nicht so schwer zu erraten. Und wer hat es wohl dreimal hintereinander nicht geschafft, die rettende Matte zu erreichen, und seiner Mannschaft damit Minuspunkte eingebracht? Schon wieder Robbi Ziegler. Und wer hatte hinterher die schlechteste Laune der Welt? Na, ihr werdet nicht draufkommen.

Einmal rief Laura während des Spiels: »Mensch, Robbi, pass doch auf. Wegen dir verlieren wir noch.«

Manchmal passieren komische Dinge. Auf dem Heimweg hab ich die ganze Zeit gegrübelt, wie ich das mit dem Hungerstreik wieder hinkriegen könnte, und bin zu keiner Lösung gekommen. Und zu Hause hat meine Mutter mich schon in der Küche erwartet.

»Ach, Robbi, was ist nur los in letzter Zeit? Manchmal denke ich, dass ich alles falsch mache.«

Ich schwieg und zählte die Blumen auf der Tischdecke.

»Robbi, ich bin seit zwanzig Jahren Vegetarierin. Mir war nie klar, dass du so darunter leidest. Können wir nicht einen Kompromiss schließen?« Sie schaute mich bittend an. »Ich gebe dir dann und wann Geld, damit du dir eine Bratwurst oder so was am Imbiss holen kannst. Und zu Hause essen wir weiterhin fleischlos. Und das mit dem Hungerstreik vergessen wir, okay? Du wirst mir ja krank, Junge.«

Um es kurz zu machen, ich hab mich noch ein bisschen geziert und dann »meinetwegen« gebrummt. Und dann bin ich los und hab mir von dem Geld, das meine Ma mir gegeben hat, einen Hamburger gekauft. Mensch, war der lecker. Als ich zurückkam, gab es Möhrensuppe mit Grießklößchen und die war auch nicht zu verachten.

Laura verabredet sich mit Sebastian

Mein Leben ist wie eine Achterbahn. Mal geht es rauf und dann wieder steil runter. So wie heute.

Hat Sebastian nicht neulich gesagt, Laura wäre eine blöde Ziege? Hat er nicht über ihre Hose gelästert, dass er damit nicht mal zum Karneval gehen würde?

Schnee von gestern, Leute. Heute in der großen Pause habe ich zufällig gehört, wie Sebastian und Laura sich verabredet haben. Sie wollen sich am Nachmittag auf dem Skaterplatz hinter der Schule treffen. Um halb vier.

Ich sah alles vor mir: Sebastian brettert auf seinem Skateboard über die Bahnen und meine Vanilleeisprinzessin verfolgt mit ihren himmelblauen Augen jede seiner Bewegungen. Sie wird ihn förmlich mit dem einen, dem gewissen Blick bombardieren. Ihr könnt mir glauben, mir war zum Heulen zumute.

Zuerst dachte ich ernsthaft darüber nach, auch auf den Skaterplatz zu gehen. Rein zufällig. Um keinen Verdacht zu erregen, wollte ich mein eigenes Board mitnehmen. Es steht im Keller, praktisch unbenutzt. Weil ich einfach nicht damit klarkomme. Ich hab es zu meinem letzten Geburtstag bekommen. Ich Depp hatte es mir sogar gewünscht. Bin dreimal damit auf dem Bürgersteig gefahren. Es war schrecklich. Das, was bei den anderen spielend leicht aussah, hab ich nicht mal annähernd hingekriegt. Irgendwie war es mir auch unheimlich, wenn das Ding schneller wurde. Ich hab dann jedes Mal wieder gestoppt. Ach, ihr könnt ruhig die Wahrheit erfahren. Nachdem Oliver von gegenüber sich das Bein gebrochen hatte, gleich zweimal, hab ich mich nicht mehr auf das Brett getraut. Basta. Seitdem steht mein Skateboard im Keller. Klavier spielen ist einfach ungefährlicher. Dann und wann fragt meine Ma, ob ich nicht mal wieder Skateboard fahren will. Bis jetzt ist mir immer eine gute Ausrede eingefallen.

Natürlich habe ich mein Board nicht aus dem Keller geschleppt, um mich damit vor meiner Vanilleeisprinzessin zu blamieren. Kein Mädchen der Welt würde sich in einen Robert Ziegler verlieben, der es gerade mal schafft, auf das fahrende Brett zu springen und zwei Meter geradeaus zu fahren, wenn nebenan Sebastian irgendwelche unglaublichen Sprünge vorführt. Nee Leute, ich bin schön zu Hause geblieben.

Zuerst hab ich gelesen. Den zweiten Band über James. Aber komisch, auf einmal hat dieser Bursche mich nicht mehr interessiert. Einer, der alles kann. Der einen reißenden Fluss durchschwimmt, mitten im Winter. Pah, so blöd muss man erst mal sein. Kein Wunder, dass die Weiber auf Sebastian stehen, wenn in den Büchern solche Lügenmärchen über Jungs verbreitet werden. Mir würde es nicht im Traum einfallen, im Winter bei Minusgraden in einen Fluss zu springen. Ich bin doch nicht lebensmüde.

Eine Weile stellte ich mir vor, Sebastian würde so einen Quatsch machen. Und anschließend an einer schweren Lungenentzündung sterben. Dann wäre Laura endlich frei für mich. Aber irgendwie wollte mir kein rechter Grund einfallen, weshalb Sebastian einen Fluss durchschwimmen sollte. Hier gibt es nämlich überall Brücken.

Na ja, ich hab das Buch zugeschlagen und eine halbe Stunde Klavier gespielt. Um halb fünf hat meine Mutter mich einkaufen geschickt. Ich war ihr richtig dankbar. Vor allem, als sie mir zwei Euro extra zugesteckt hat. Für eine Bratwurst. Unterwegs hab ich Marie getroffen. Wir sind ein Stück die Straße langgegangen. Marie trug einen Stapel Bücher unter dem Arm.

»Hallo, Robbi, ich war gerade in der Bücherei«, hat sie gesagt. »Ich gehe da jede Woche hin. Ich lese so gern.«

Das fand ich sympathisch. Ich hab sie gefragt, ob sie die Bücher von James kennt. Und dann hab ich ein bisschen aus dem Inhalt erzählt.

»Die hole ich mir auch mal«, versprach Marie.

Als ich nicht mehr wusste, was ich sagen sollte, fiel mir die Verabredung von Sebastian und Laura ein. »Eigentlich wollte ich heute Nachmittag auf den Skaterplatz.«

Marie wollte wissen, ob ich dort häufiger hingehe. »Ich nicht. Da sind ja kaum Mädchen«, sagte sie. »Kannst du skaten?«

Ich wurde rot. »Nö. Deshalb bin ich ja auch hier geblieben.«

»Ich bin nachmittags meist zu Hause. Ich lese. Oder ich

erfinde Geschichten. Später will ich Schriftstellerin werden.« Marie schaute verlegen auf ihre Schuhspitzen. »Vielleicht.«

Ich glaube, sie bereute schon, dass sie mir das mit der Geschichtenerfinderei anvertraut hatte.

»Find ich gut«, sagte ich schnell. »Kannst mir ja mal eine Geschichte mit in die Schule bringen.«

»Lieber nicht. Eigentlich soll niemand davon wissen.«

Ich verstand. »Hab's schon wieder vergessen«, versprach ich. »Ehrlich.«

Ich ging dann nach Hause. Hab freiwillig die Wäsche aufgehängt. Im Bad und nicht draußen, versteht sich. Falls Laura bei uns vorbeikommen sollte, warum auch immer, wollte ich mich keineswegs mit Weiberarbeit blamieren.

Theo erschien pünktlich zum Abendessen. Das hat mich aber nicht gestört. Nach dem Essen hab ich Klavier gespielt. Mit so viel Seele, dass Fräulein Herzbach stolz auf mich gewesen wäre.

Mein Leben ist wie eine Achterbahn

Eins könnt ihr mir glauben. Heute hat mich nichts in die Schule gezogen. Dass Laura und Sebastian jetzt ein Paar sind, stand ja wohl fest. Und ich verspürte keine große Lust, ihr Glück mit anzusehen.

Aber alles kam ganz anders. Laura zum Beispiel sah alles andere als glücklich aus. Ja, man konnte beinahe denken, dass sie geheult hätte. Auf jeden Fall waren ihre Augen rot. Vermutlich hat sie sich gestern auf dem Skaterplatz erkältet. Laura stand also am Fahrradständer und wirkte nicht direkt frisch verliebt.

Dann kam Sebastian. Er sah glücklich aus. Und wie. Wenn ich so recht darüber nachdenke, sieht Sebastian immer glücklich aus. Zufrieden. Er pfiff vor sich hin, während er sein Rad mit Schwung in den Ständer rollen ließ. Bei meinem Anblick hob er grüßend die Hand. Zu Laura sagte er: »Hey.« Mehr nicht. Einfach nur »Hey«.

Laura gab sich einen Ruck, jedenfalls sah es so aus. Und dann fragte sie mit zittriger Stimme: »Warum warst du gestern nicht auf dem Skaterplatz? Wir waren doch um halb vier verabredet.«

Gleichgültig zuckte Sebastian mit den Achseln. »Mein Bruder hatte ein Video ausgeliehen. Da hatte ich keinen Bock zum Skaten.«

●

In diesem Moment hätte ich Sebastian am liebsten umarmt und abgeküsst. Echt. Natürlich hab ich nichts dergleichen getan, sondern bin mit völlig uninteressiertem Gesichtsausdruck weitergegangen. Mit Sebastian und Laura war es aus. Noch bevor es so richtig begonnen hatte. Das würde Laura ihrem Angebeteten nie verzeihen. Endlich hatte ich freie Bahn. In der großen Pause, so beschloss ich, würde ich Laura fragen, ob wir beide uns auf dem Skaterplatz treffen wollten. Oder in der Eisdiele, im Schwimmbad, meinetwegen auch auf dem Schulhof. Selten habe ich im Unterricht so wenig aufgepasst.

Einmal hat sogar Frau Hansen gemerkt, was mit mir los war, und »Robbi, wo bist du nur mit deinen Gedanken?« gesagt.

War mir egal. Ich hätte eine Fünf in Kauf genommen, auch ’ne Sechs oder sogar eine Sieben, falls es die gegeben hätte. Meine Träume waren so großartig, die konnte ich nicht für so eine blöde Textaufgabe unterbrechen. Laura und ich waren praktisch verlobt. Ich würde sie meiner Mutter und Theo vorstellen. Am besten gleich morgen. Heute noch nicht. Da wollte ich mit meiner Vanilleeisprinzessin allein sein.

In der großen Pause ging ich auf Laura zu. Ach was, gehen, ich schwebte förmlich über den Schulhof.

»Du, Laura«, sagte ich.

Sie schüttelte unwillig den Kopf. »Keine Zeit.« Ihr Blick irrte suchend über den Schulhof, bis sie Sebastian entdeckte. Sie ließ mich einfach stehen und fragte ihren Angebeteten, ob sie sich nicht heute treffen wollten.

Und wisst ihr was? Sebastian hat gezögert. Er hat hin und her überlegt, ehrlich. Und dann hat er gemeint, dass er zum Frühlingsmarkt gehen würde. Und dass sie ja auch kommen könnte. Er hat nicht mal abgewartet, ob sie Ja oder Nein sagt. Es war ihm egal, Leute. Schnurzegal.

Laura hat ausgesehen, als hätte er ihr bereits die Ehe versprochen. Minutenlang hat sie ihn mit ihrem gewissen Blick angesehen. Und der Depp hat es nicht einmal gemerkt.

Frühlingsmarkt, das heißt Autoskooter und Musik-Express. Gebrannte Mandeln, Fischbrötchen und Bratwurst. Jedenfalls, wenn ich ohne meine Ma hingehe. Wenn wir zusammen dort sind, muss ich mich ja wie ein Vegetarier benehmen.

Alle aus meiner Klasse gehen heute zum Frühlingsmarkt. Nicht nur Sebastian und Laura. Ich werde auch hingehen. Ich werde meinen Nachmittag damit verbringen, mich am Autoskooter rumzudrücken und das Glück der beiden zu beobachten. Mein Leben ist wie eine Achterbahn. Und meistens geht es runter.

Bin ich ein Rüpel?

Heute war einer der furchtbarsten Tage in meinem Leben. Ich glaube, niemand kann mich mehr leiden. Nicht einmal ich selbst.

Bevor ich zum Frühlingsmarkt konnte, musste ich zur Klavierstunde. Fräulein Herzbach hat mich stumm angesehen, irgendwie kummervoll. Sie kannte ja meine Glatze noch nicht.

Beim Klavierspielen hat sie ein Eurostück auf meinen linken Handrücken gelegt. Angeblich würde ich neuerdings mit der Hand flattern, das wäre unschön. Stimmte gar nicht, das Geldstück ist jedenfalls kein einziges Mal runtergefallen.

Ich habe Fräulein Herzberg die Noten für das Stück in der Schule gezeigt, ihr wisst schon, fünfzig Jahre … Sie hat einen flüchtigen Blick darauf geworfen und gemeint, das bräuchten wir ja wohl nicht zu üben. Oder ob ich jetzt *alles* verlernt hätte. *Was habe ich denn verlernt?*, hätte ich gern gewusst. Aber ich habe mich nicht getraut, zu fragen.

Ich glaube, Fräulein Herzbach mag keine Jungs mit Glatze. Auf dem Heimweg war ich ganz schön niedergeschlagen. Was haben meine Haare mit meinem Klavierspiel zu tun, möchte ich mal wissen.

Am Marktplatz empfing mich laute Musik. Ihr kennt bestimmt dieses schrille Durcheinander von Melodien, weil jedes Karussell seine eigenen Lieder spielt. Und zwischendurch hörte man die Ansagen: »Wer will noch mal, wer hat noch nicht?« Oder: »Drei Lose für fünf Euro.«

Ich hab so unauffällig wie möglich nach meiner Vanilleeisprinzessin Ausschau gehalten. Sie stand mit Hilke und Britta am Autoskooter. Ich muss wohl nicht extra erwähnen, wer in einem quietschgrünen Wagen durch die Gegend raste und jeden anrempelte. Die drei Mädchen konnten ihre Blicke gar nicht von Sebastian lassen. Wie im Sportunterricht.

Ich weiß nicht warum, aber ich war plötzlich sehr wütend. Mensch, was war so großartig daran, in so einer Karre zu fahren und anderen den Weg abzuschneiden? Ja, wenn Sebastian es geschafft hätte, immer auszuweichen, niemanden zu berühren, das wäre eine echte Leistung gewesen. Aber alles und jeden zu rammen, das war doch nur blöd. Warum kriegte Laura schon wieder ihren gewissen Blick? Kurz entschlossen opferte ich mein letztes Taschengeld für drei Fahrchips.

Ich nahm einen dunkelblauen Wagen. Die weißen Sterne auf der Motorhaube gefielen mir. Und dann gab ich Gas. Oder sagen wir mal, ich versuchte es. Doch jedes Mal, wenn mein blauer Sternenflitzer auf Touren kam, fuhr mir irgendjemand vor den Wagen. Zum Beispiel Sebastian. Zuerst war ich richtig sauer. Aber dann kriegte ich Spaß an der Sache. Wir schossen aufeinander zu, Grün gegen Blau, Sebastian gegen Robbi, und im letzten, wirklich allerletzten Moment musste man ausweichen. Nach rechts oder links. Wofür würde der Gegner sich entscheiden? Zweimal rasselten wir zusammen, volle Kanne, aber viermal entkam ich.

Die zweite Fahrt verlief noch viel besser. Diesmal war ich nämlich der Jäger. Ich trieb Sebastian in seinem grünen Wagen vor mir her. Mann, das hätte ich mir nie zugetraut. Einmal rammte ich ihn von hinten, und als er drehte, schnitt ich ihm den Weg ab. Hat voll Spaß gemacht. Ich musste plötzlich an James denken, ihr wisst schon, James aus dem Buch, dem alles gelingt.

Weil ich, wie schon gesagt, kein Geld mehr hatte, beschloss ich, die dritte Fahrt für später aufzuheben. Und wisst ihr was? Sebastian war richtig enttäuscht, als ich ausstieg. »Hast du kein Geld mehr?«, rief er quer über die Fahrfläche. »Ich leih dir was!«

Ich winkte ab. »Ich komm später noch mal wieder. Will erst mal schauen, was sonst hier los ist.«

Eine glatte Lüge. Ich wollte nur sehen, ob Laura mich endlich wahrgenommen hatte. Denn im Autoskooter, das wusste ich einfach, hatte ich eine Superfigur gemacht. Ich war Sebastian ebenbürtig gewesen. Keine Frage.

Laura fand das offenbar nicht. Sie würdigte mich keines Blickes. Stattdessen stieg sie jetzt in meinen gerade frei gewordenen blauen Sternenflitzer. Und kaum dass das Hupsignal ertönte, steuerte sie geradewegs auf Sebastian zu. Sie fuhr ihm in die Seite und kreischte dabei vor Vergnügen.

Meine gute Laune löste sich in Luft auf. Es war ein Fehler gewesen, meinen Platz zu verlassen. Und dass es Sebastian Spaß gemacht hatte, mit mir zu fahren, hatte ich mir scheinbar auch eingebildet. Jetzt amüsierte er sich mit Laura. Ich schlenderte zum Fischbrötchenstand. Wenn ich Geld gehabt hätte, hätte ich mir drei Krabbenbrötchen auf einmal genehmigt. Aber ihr wisst ja, ich hatte nichts mehr, nur noch einen Fahrchip für den Autoskooter. Und dort war ich gerade nicht gefragt.

»Hallo«, riss mich eine bekannte Stimme aus meinen grauen Träumen. Marie stand da. Sie schleckte an einem riesigen Eis. »Ich hab dich eben im Autoskooter gesehen. Tut das nicht weh, wenn man mit jemand zusammenrasselt?«

Ich zuckte mit den Achseln.

»Ich bin noch nie Autoskooter gefahren. Ich trau mich nicht«, sagte Marie leise.

Meine rechte Hand rutschte ganz von selbst in meine Hosentasche und zog den Chip heraus. »Hier, schenk ich dir. Ich hab keine Lust mehr.«

Keine Ahnung, wer von uns beiden überraschter war, Marie oder ich. Sie jedenfalls wurde ganz rot. Und dann flüsterte sie: »So war das doch nicht gemeint, Robbi. Ich hab selbst Geld. Aber ich habe Angst, dass ich den Wagen nicht lenken kann.«

Ich nickte. Diese Art von Angst war mir nur allzu bekannt. Ich sage nur Sportunterricht. Und dann beschloss ich, eine gute Tat zu vollbringen. Um diesem vermurksten Nachmittag noch einen Sinn zu geben. »Wir fahren zusammen. Und ich sitze am Steuer«, bot ich großzügig an. »Du musst dich nur darauf konzentrieren, dich mit beiden Händen abzustützen, wenn einer auf uns zufährt. Dann tut bei einem Zusammenstoß auch nichts weh.«

»Echt? Das würdest du tun?«

Marie hat dunkelbraune Augen, das war mir noch nie aufgefallen.

Wir sind also zusammen zum Autoskooter. Im blauen Sternenflitzer mühte sich immer noch Laura ab. Inzwischen hatte Sebastian allerdings einen neuen Gegner gefunden. Frederik war gekommen. Er fuhr ein gelbes Auto mit orangeroten Feuerflammen, natürlich nur aufgemalt. Die beiden lieferten sich eine heiße Verfolgungsjagd. Als Laura Sebastian in den Weg fuhr, brüllte er wütend: »Platz da!«

Marie und ich entschieden uns für ein rotes Auto. Einfach nur rot, ohne alles. »Mit Rammen oder ohne?«, fragte ich, bevor die Fahrt losging. Marie wollte von beidem ein bisschen.

Also wich ich zuerst allen anderen aus. Auch Sebastian, der strahlte, als er mich entdeckte. Dann änderte ich meine Taktik und rammte alle, nur Laura nicht. Keine Ahnung, ob sie es überhaupt bemerkt hat. Die Fahrt war jedenfalls Klasse, und Marie hat dann noch einen Chip gekauft, damit wir ein weiteres Mal fahren konnten. Sebastian, Frederik und ich versuchten ständig, uns gegenseitig in die Enge zu treiben. Es hat echt Spaß gemacht. Bis Laura dazwischenfunkte. Offenbar wollte sie Sebastian ganz für sich allein. Auf jeden Fall kreuzte sie ständig unsere Bahn und rief dabei wütend: »Platz da! Fahrt woanders!«

Ich weiß ja selbst nicht, was über mich kam. Aber plötzlich war ich so wütend, dass ich auf nichts und niemanden Rücksicht nahm. Ich dachte nur, dass ich genauso viel Geld wie Laura bezahlt hatte und dass ich fahren konnte, wo ich wollte. Und so ließ ich den roten Wagen mit aller Wucht gegen Lauras blauen Sternenflitzer krachen. Und Marie, die sich gerade umgeschaut hatte, knallte mit der Stirn gegen den Stromabnehmer. Ihr wisst schon, dass ist diese Metallstange, die vom Wagen zur Decke führt. Es gab ein hässliches Geräusch und dann hielt Marie zwei Brillen in der Hand, besser gesagt, zwei halbe Brillen. Und mitten auf ihrer Stirn wuchs eine riesige Beule. Schlimmer noch, aus ihrer Nase tropfte Blut. O Mann, hab ich mich mies gefühlt. Ich bin zum Rand gefahren. Dort, wo die unbenutzten Wagen standen. Und dann sind wir ausgestiegen.

»Ist nicht so schlimm«, hat Marie immer wieder gemurmelt. Aber es war wohl schlimm.

Irgendwann kamen Laura, Sebastian, Frederik und die anderen aus meiner Klasse.

Laura hat ihren Arm um Marie gelegt. »Tut es weh? Soll ich dich nach Hause bringen?« Zu mir sagte sie böse:

»Hoffentlich musst du die Brille bezahlen. Was kann Marie dafür, dass du wie ein Verrückter fährst?«

Recht hatte sie. Ich bin wie ein Verrückter gefahren. Wie einer, der so ist, wie ich niemals sein wollte. Rücksichtslos. Wenn Maries Eltern bei meiner Mutter anrufen und das Geld für eine neue Brille verlangen, werde ich nichts dagegen sagen. Vielleicht suche ich mir einen Job, Zeitungen austragen oder so was, um das Geld für Maries Brille zu beschaffen.

Auf Lauras Liebe brauche ich in diesem Leben nicht mehr zu hoffen. Einer, der sich so unmöglich benimmt, passt nicht zu meiner Vanilleeisprinzessin.

Eine Woche ist seit der Geschichte im Autoskooter vergangen. Maries Eltern haben sich nicht wegen der Brille gemeldet. Bestimmt hat sie für mich gelogen.

Meine Nachmittage verbringe ich wieder mit Klavierspielen und Lesen.

Ich habe mir den dritten Band über James aus der Bücherei geholt. Diesmal verknallt er sich in ein Indianermädchen. Ich habe das Buch nicht weitergelesen. Die Liebesgeschichten anderer Leute interessieren mich nicht.

Übermorgen feiert Theo seinen dreißigsten Geburtstag. Am liebsten würde ich zu Hause bleiben. Aber das kann ich meiner Ma nicht antun.

Immerhin war Fräulein Herzbach gestern zufrieden mit mir. Ich brauchte kein Geldstück auf dem Handrücken balancieren.

»Ich sehe, du hast fleißig geübt, Robbi. Das freut mich sehr. Wenn wir eine Begabung haben, ist es unsere Pflicht, etwas daraus zu machen.« Sie stand auf und holte ein Notenbuch aus ihrem Schrank. Der Einband war schon ganz vergilbt. *Album für die Jugend. Opus 68. Robert Schumann* stand mit verschnörkelter Schrift vorne drauf.

»Diese Noten hat mir vor vielen Jahren meine Klavierlehrerin geschenkt.« Sie schlug die erste Seite auf. »Hier steht es: *Für meine liebe Schülerin Amalie Herzbach. Martha Franke. 17. Mai 1944.* Damals war ich zehn. Genauso alt wie du.« Sie schlug die Noten wieder zu und legte das Heft auf meinen Schoß. »Ich schenke sie dir. Weil du zur Musik zurückgefunden hast.« Sie blinzelte mir zu. Später schrieb sie mit Füller unter die Widmung ihrer ehemaligen Klavierlehrerin: *Für Robert Amadeus Ziegler.*

Theo hat Geburtstag

Heute hat Theo Geburtstag. Wir sind zu spät zu der Feier gekommen. Aber nicht wegen mir, falls ihr das denkt. Nein, es lag an meiner Ma. Sie hatte nichts zum Anziehen. Angeblich. Dabei hängt ihr ganzer Schrank voll von irgendwelchen Kleidern:

»Was soll ich bloß anziehen? Ich habe nichts Passendes für Theos Geburtstag!«, hat sie gejammert. Das knallrote Kleid, das bisher ihr Lieblingskleid war, hat sie mit angeekeltem Gesicht auf ihr Bett geworfen. So als wäre es der letzte, zerlöcherte Lumpen. Dort lag schon ein richtiger Klamottenberg. Lauter Sachen, die ihr urplötzlich nicht mehr gefielen.

Ich verstand die ganze Aufregung nicht. Für mich ist es egal, was meine Mutter anhat. Sie sieht immer gleich aus. Wie Anne Ziegler eben.

»Nimm das Graue, das ist doch ganz neu!«, schlug ich vor. Ich zeigte auf das einzige Kleid, das noch im Schrank hing.

»Grau macht alt«, jammerte meine Mutter.

»Und warum hast du es dann gekauft?«, wunderte ich mich.

»Weil es hübsch aussieht. Und weil Grau gut zu meiner Haarfarbe passt.«

»Dann zieh das Kleid doch an.«

»Nein. Ich will nicht, dass jeder gleich merkt, dass ich zehn Jahre älter bin als Theo.« Meine Ma setzte sich auf ihr Bett. »Ach, Robbi, am liebsten würde ich gar nicht zu der Feier gehen. Ich fühle mich so alt. Und hässlich … Alle werden fragen, warum Theo sich so eine alte Freundin ausgesucht hat.«

Genau das fragte ich selbst mich ja auch seit längerem. Obwohl, in letzter Zeit habe ich nicht mehr darüber nachgedacht. Kein Wunder, bei all den Problemen, die ich mit mir selbst habe. »Ich finde, du siehst gut aus. Gar nicht älter als Theo. Mach dir keine Sorgen. Und zieh das graue Kleid an. Es ist nämlich schon zehn vor acht.«

Meine Ma sprang auf, als hätte ihr jemand einen Stromschlag versetzt. »So spät schon? Warum hast du das nicht gleich gesagt? Mensch, Robbi, um acht fängt die Feier an. Und ich wollte ein paar Minuten eher da sein.«

Sie schlüpfte in das graue Kleid, raste ins Bad, unterwegs angelte sie ihre Sonntagsausgehschuhe mit den hohen Absätzen aus dem Schuhschrank, die Türen des Spiegelschränkchens klappten ein paarmal auf und zu, als Nächstes hörte man ein leises Zischen: Sie nebelte sich mit Parfüm ein. »Fertig.«

Das ging zu guter Letzt ja doch noch schnell. Auf dem Weg zum Auto fiel meiner Mutter ein, dass sie vergessen hatte, die silberne Kette anzulegen, die Theo ihr kürzlich geschenkt hatte. Also raste sie noch einmal in die Wohnung. Nee, rasen ist nicht das richtige Wort. Sie stöckelte eilig auf ihren hohen Absätzen.

Die Fahrt war die reinste Hölle. Zweimal fuhr sie bei Dunkelgelb über die Kreuzung, auf der Stadtautobahn erhöhte sie die zulässige Höchstgeschwindigkeit großzügig um dreißig Stundenkilometer und die Abfahrt nahm sie so rasant, dass mein Magen eine merkwürdige Rechtsdrehung machte. *Bist du lebensmüde,* wollte ich fragen. Aber ich wagte es nicht. Sie benötigte ihre ganze Aufmerksamkeit, um den Wagen auf der Straße zu halten. Jede Ablenkung hätte meinen Tod bedeuten können.

Um vier Minuten nach acht betraten wir das Restaurant. Die komplizierte Frisur, zu der meine Ma ihre roten Locken aufgesteckt hatte, löste sich bereits wieder auf, was ihr ein ziemlich verwegenes Aussehen gab.

Theo stand neben einem älteren Ehepaar. Das waren bestimmt seine Eltern. Es hört sich vielleicht kitschig an, aber beim Anblick meiner Mutter ging ein Strahlen über Theos Gesicht.

Und da wusste ich, dass sie genau das richtige Kleid ausgesucht hatte. Und dass sie überhaupt nicht alt aussah. Sondern wunderschön. Und ich war unheimlich stolz auf meine hübsche Mutter.

Theos Eltern waren nett. Über meine Glatze sahen sie großzügig hinweg. Vielleicht hatte ihr Sohn sie darum gebeten. Wenn ja, war ich ihm sehr dankbar dafür.

»Und jetzt müsst ihr noch meine Schwester und ihre

Familie kennen lernen. Da hinten stehen sie. Inge, ihr Mann Harald und meine Nichte Laura.«

Nun ist Laura ja nicht gerade ein seltener Name. Und so hätte dort irgendeine Laura stehen können, irgendeine Laura, die ich noch nie gesehen hatte. Aber nein. Dort stand sie. Meine Laura. Meine Vanilleeisprinzessin. Die, die Klavier spielende Jungen albern findet. Und die mich seit der Sache beim Autoskooter für einen rücksichtslosen Rüpel hält.

An dieser Stelle dankte ich insgeheim dem Himmel oder auch nur Theo und meiner Mutter, dass ich an diesem Abend nichts vorzuspielen brauchte.

Auch Laura hatte nicht damit gerechnet, ausgerechnet mich hier zu treffen.

»Ich wusste zwar, dass Theos Freundin schon älter ist und ein Kind hat. Aber dass du das Kind bist, wusste ich nicht.«

»Bin ich aber. Und die alte Frau ist meine Mutter!«, sagte ich so laut wie möglich. Irgendwie war klar, dass Sebastian genauso gehandelt hätte.

Laura wurde rot. Und ihre Mutter ebenfalls. Ich konnte deutlich sehen, dass sie ihre Tochter von hinten anstieß. Wahrscheinlich hatte sie Angst, dass Laura noch mehr Sachen erzählte, die nicht für meine Ohren bestimmt waren.

Theo griff demonstrativ nach der Hand meiner Mutter. »Ich finde, Anne ist keineswegs zu alt für mich. Und was die Erziehung von Kindern angeht, scheint sie mir sehr viel mehr Ahnung zu haben als deine Mutter. So unhöflich wie du ist Robbi jedenfalls nicht.«

Laura schnappte nach Luft. Aber sie wagte nicht zu widersprechen. Sebastian hat Recht. Man muss die Weiber schlecht behandeln. Das mögen sie.

Zukunftspläne

Kaum dass jeder einen Platz gefunden hatte, klatschte Lauras Mutter in die Hände. Sie erhob sich von ihrem Stuhl. »Ruhe bitte. Ich möchte etwas ansagen. Da mein kleiner Bruder heute dreißig wird, haben wir uns noch eine Überraschung ausgedacht. Wir alle werden jetzt ein Lied für Theo singen. Den Text hat Laura gedichtet.« Sie lächelte ihre Tochter an, klatschte wie wild und da mussten wir alle aus Höflichkeit mitklatschen. »Laura wird uns außerdem auf der Trompete begleiten. Sie nimmt nämlich seit vier Monaten Trompetenunterricht. Ihr Lehrer sagt, dass sie sehr begabt ist. Laura, hol dein Instrument. Ich verteile die Zettel mit dem Text.« Sie holte einen Papierstapel aus ihrer Handtasche. »Die Melodie kennt ihr alle. *Alle Vögel sind schon da.* Laura hat einen neuen Text geschrieben.«

Mir fehlten die Worte. Laura spielt also Trompete. Unglaublich. Und sie dichtet in ihrer Freizeit Liedertexte, die sie freiwillig auf Familienfeiern vorträgt. Wie hatte Theo neulich so treffend gesagt: Affig.

Aber es kam noch besser, Leute, noch sehr viel besser. Der Text auf dem Zettel kam mir nämlich sehr bekannt vor:

Unser Theo, der wird heut
dreiheiheißig Jahre,
ja, da freun sich alle Leut
hier in diesem Saale.

Jahre und Saale reimte sich immer noch nicht. Ich grinste Laura an. Und die erglühte wie eine rote Laterne. Kein Wunder. Mir wäre das Ganze an ihrer Stelle auch sehr peinlich gewesen. Für einen Moment stellte ich mir vor, ich würde aufstehen und Laura ganz laut fragen, weshalb sie Frau Hansens Text als ihren eigenen ausgab. Wo er sich doch nicht mal vernünftig reimte. Aber ich entschied mich dagegen.

Trompete spielen kann Laura übrigens nicht sonderlich gut. Von wegen begabt. Sie verspielte sich am laufenden Band. Und mit aufgepusteten Backen sieht sie ziemlich blöd aus. Wie ein aufgeregter Goldhamster, würde ich sagen.

Die Leute applaudierten trotzdem. Und Theo bedankte sich höflich bei seiner Nichte. Ja, er kann ziemlich nett sein. Aber ich weiß, dass er Lauras Vorstellung albern fand. Ich habe genau gesehen, wie er meine Mutter angestoßen und dann die Augen verdreht hat.

Bevor noch irgendeiner die Gelegenheit ergriff und etwas Peinliches vorführte, erhob Theo sich und erklärte, das Büffet sei eröffnet. Alle sprangen auf und stürmten in den Nebenraum, wo eine riesige Tafel mit köstlichen Speisen aufgebaut war.

Dreimal dürft ihr raten, was ich gegessen habe. Genau. Fleisch. Drei Hühnerbeine und ein Schnitzel. Und dazu ein bisschen Nudelsalat, damit es besser rutschte. Aber im Salat war klein geschnittene Wurst, darauf hab ich geachtet.

Meine Ma hat gelächelt und »Hoffentlich schmeckt es dir« gesagt.

Tja, und dann stand urplötzlich Laura neben mir. Meine Vanilleeisprinzessin, die in ihrem hellgelben Pulli besonders hübsch aussah. Sie räusperte sich und sagte leise: »Danke, dass du nichts gesagt hast. Über den Liedtext, du weißt schon.«

Ich grinste. Weil eins war ja wohl klar. Sebastian hätte ganz laut rumposaunt, dass der Text geklaut ist. Aber ich bin Robbi. Und Robbi Ziegler petzt nicht. Robert Amadeus Ziegler kann gut Klavier spielen. Dafür ist er total unsportlich. Seine Haare sind nicht schwarz, sondern blond. Und immer wenn er versucht, ein anderer zu werden, kommt Mist dabei raus. Und ich beschloss, ich selbst zu bleiben. Für immer und ewig. Weil man nicht werden kann, was man nicht tief in seinem Innersten schon lange ist. Hat Fräulein Herzbach gesagt. Und die ist so alt, dass sie eigentlich wissen muss, wie das Leben funktioniert.

Laura redete die ganze Zeit weiter: Sie hätte ja nicht wissen können, dass jemand aus ihrer Klasse zu der Feier kommt. Und dass die Sache mit dem Lied eigentlich die Idee ihrer Mutter gewesen sei. Zum Schluss flüsterte sie noch: »Man sieht gar nicht, dass deine Mutter so viel älter ist als Theo. Ehrlich. Sie sieht richtig toll aus. Meine Mutter hat gesagt, das Kleid ist todschick.«

Ich hab nur genickt, mir ein weiteres Hühnerbein auf meinen Teller geladen und bin gegangen.

Ja, es ist schon komisch. Mein Herz hat überhaupt nicht gerattert. Nichts. So wie es aussieht, habe ich mich entliebt. Nicht mit Absicht, es ist einfach so passiert. Laura interessiert mich nicht mehr. Soll sie ruhig mit Sebastian glücklich werden.

Zum Nachtisch gab es Vanilleeis mit heißer Schokoladensoße. Das Eis war so kalt, dass meine Zähne wehgetan haben. Aber die Soße war lecker, lauwarm und zuckersüß. Auf einmal musste ich an Marie denken, an ihre schokoladenbraunen Augen.

Nach dem Essen wurde Musik gespielt. Laura hat mich gefragt, ob ich mit ihr tanzen will. Wollte ich aber nicht. Robert Amadeus Ziegler ist kein Tänzer.

Jetzt liege ich im Bett. Meine Ma ist noch geblieben. Sie tanzt wohl immer noch mit Theo. Ich muss ehrlich zugeben, dass ich keine Ahnung hatte, wie toll meine Mutter tanzen kann. Glaubt mir, kein Mensch kann sehen, dass sie zwölf Jahre älter ist als Theo. Überhaupt, jetzt, wo Theo dreißig ist, sind es ja nur noch elf.

Nach Hause haben mich übrigens Theos Eltern gefahren. Sie sind supernett. Theos Vater hat gesagt, dass sie sich sehr gefreut hätten, meine Mutter und mich kennen zu lernen. Und dass wir uns jetzt bestimmt öfter sehen würden. Zum Abschied hat er mir die Hand gegeben. Das war ein komisches Gefühl. Als hätte Theos Vater mich zum Ritter geschlagen oder so ähnlich, falls jemand versteht, was ich meine.

Vorhin war ich so müde, dass ich beinahe auf meinem Stuhl eingeschlafen wäre. Und jetzt bin ich hellwach. Die Stoppeln auf meinem Kopf kribbeln wie verrückt. Meine Ma sagt, das liegt daran, dass die Haare sprießen. Gut, dass ich in ein paar Wochen wieder eine normale Frisur haben werde. Vielleicht lasse ich meine Haare wieder wachsen. Warum eigentlich nicht. Nirgends steht geschrieben, dass Jungs kurze Haare haben müssen. Oder nicht Klavier spielen dürfen.

In meinem Bauch kribbelt es auch. Falls jemand denkt, dass das an den Hühnerbeinen liegt – Fehlanzeige. Ich muss die ganze Zeit an Marie denken. Ich glaube, am Montag werde ich sie fragen, ob wir uns mal in der Leihbücherei treffen können. Vielleicht zeigt sie mir doch eine von ihren Geschichten. Ich kann ihr dafür ja was auf dem Klavier vorspielen.

Inhalt

Das schönste Mädchen der Welt 5

Ich hasse Sport!!! 9

Auch Mütter können irren 13

Mamas Supertheo 18

Aller Anfang ist schwer 23

Klarer Sieg für mich 27

Muskelkater 32

Mein geänderter Trainingsplan 38

Fräulein Herzbach gibt Ratschläge fürs Leben 42

Aus für Theo 47

Alle Qual ist vergebens 53

Ein Traum öffnet mir die Augen 61

Ich bin ein Junge und das soll jeder sehen 64

Frau Braun spielt nicht mit ... 68
Der schwärzeste Tag in meinem Leben ... 72
Theo kann nett sein, aber das hilft mir jetzt auch nicht 79
Alle behandeln mich wie ein rohes Ei ... 82
Ich versteh mich nur mit Männern ... 88
Die fürchterlichste Klavierstunde meines Lebens ... 94
Sebastian kennt sich aus mit Frauen ... 97
Marie rettet mich ... 100
Laura verabredet sich mit Sebastian ... 106
Mein Leben ist wie eine Achterbahn ... 110
Bin ich ein Rüpel? ... 113
Theo hat Geburtstag ... 121
Zukunftspläne ... 126

Alfred Bekker

Wolfram und die Raubritter

Wolfram, als Page auf Burg Wildenstein, und sein Freund Ansgar, der bereits Knappe ist, haben eine wichtige Botschaft zu überbringen. Doch dabei werden sie von Raubrittern überfallen. Ansgar wird gefangen genommen, während Wolfram fliehen kann. Ihr Burgherr ist nicht bereit, das geforderte Lösegeld zu bezahlen, und so schleicht sich Wolfram auf der Burg der Raubritter ein, um sie auszuforschen.

Ein spannender Krimi, der den Leser in die Welt des Mittelalters entführt und das Leben auf einer Ritterburg näher bringt.

120 Seiten

ISBN 3-8000-5229-6
ISBN 978-3-8000-5229-5

Ursula Isbel

Pferdeabenteuer auf Burg Ravensmoor

Von Deutschland zieht Kathis Familie mitsamt den zwei Ponys in die Einsamkeit Cornwalls. Kathi langweilt sich in dem abgeschiedenen Haus fast zu Tode, doch dann überschlagen sich die Ereignisse: Kathi lernt Kim kennen, das Mädchen von der halb verfallenen Burg Ravensmoor, die dringend Hilfe gegen ihren gemeinen Bruder braucht. In einer Gewitternacht geht eines der Ponys durch und Kims Stute Flora lahmt plötzlich …

Aufregende Abenteuer rund um Burg Ravensmoor für alle echten Pferdefans.

144 Seiten

ISBN 3-8000-5231-8
ISBN 978-3-8000-5231-8

UEBERREUTER